로봇

카렐 차페크의 친필 사인.

R.U.R. (*Rossum's Universal Robots*, 1920)
by Karel Čapek
This Korean edition was published by Mobydickbook, an imprint of
Yuksabipyungsa, in 2015. Korean Translation Copyright © Mobydickbook, 2015.

# 로봇

# ROBOT

## R.U.R. : Rossum's Universal Robots
로숨의 유니버설 로봇

카렐 차페크 지음
김희숙 옮김

모비딕
Moby Dick

옮긴이 **김희숙**

연세대학교 노어노문과를 졸업하고, 같은 대학원에서 석사를 마친 뒤 박사과정에서 공부했다. 현재 번역가로 활동 중이며, 슬라브어권 문학을 소개하는 데 관심을 두고 있다. 역서로는 『사라진 권력 살아날 권력』, 『온전한 나로 살지 않은 상처』, 『잘 쓰려고 하지 마라』, 『똘레랑스』, 『나이 조절 타임머신』 등이 있다.

**일러두기**

_ 본문에 나오는 주석들은 모두 역자주다.
_ 번역은 『카렐 차페크 선집, 제5권』(*Výbor z Díla Karla Capka V* : Praha, 1958)에 실린 희곡을 원본으로 삼았다.

# 로봇

## 차례

**차페크 가족**

앞줄 왼쪽부터 할머니, 아버지, 어머니. 뒷줄 왼쪽부터 카렐, 형 요제프, 누나 헬레나. 카렐 차페크는 아버지 안토닌 차페크(1855~1929)와 어머니 보제나 차프코바(1866~1924) 사이에서 세 남매 가운데 막내로 태어났다. 아버지는 의사였고, 우피체(Upice)로 옮겨간 뒤로 자신의 진료소를 운영했다. 어머니 보제나는 『우피체 지방의 민요와 격언』이라는 책을 낼 정도로 문학에 조예가 있었다. 큰누나 헬레나(1886-1961)도 작가로서 작품을 남겼다. 형 요제프(1887~1944)는 화가이면서 작가로도 활약했고, 동생 카렐과 공동 작품을 많이 남겼다. 훗날 요제프의 회고에 따르면, 두 형제는 함께 살던 할머니 헬레나 노보트나에게 언어 감각 등 여러 가지 영향을 많이 받았다고 한다.

**요제프가 그린 카렐의 초상화(1907)**

형 요제프는 화가로서도 명성을 날렸는데, 카렐의 초상화를 비롯해서 형제가 공동으로 작업한 동화집이나 소설집에 삽화를 담당해서 그려넣곤 했다.

차페크 형제

평생 뜨거운 형제애를 바탕으로 서로 아끼고 함께 작업했던 카렐과 요제프 형제가 1911년 무렵 파리에서 유학할 때 함께 찍은 사진이다. 왼쪽이 카렐, 오른쪽이 형 요제프다.

어린이들을 위해

체코에는 일류 작가들이 어린이 문학과 문화에도 책임을 지려는 전통이 있다. 차페크 형제도 마찬가지로 어린이를 위한 작품을 쓰는 데 주력해서 많은 명작 동화들을 남겼다. 1934년 프라하의 한 서점에서 사인회를 하는 차페크 형제의 모습이다. 왼쪽이 카렐, 오른쪽이 형 요제프다.

베를린 유학

카렐 차페크는 체코 프라하에서 철학 학부를 마친 뒤, 베를린과 파리로 가서 다시 철학을 더 공부했다. 사진에서 왼쪽 사람은 훗날 작가가 된 프란티세크 랑게르다.

결혼식

카렐의 아내 올가 샤인프루고바(1902~1968)는 배우이자 작가였는데, 그가 그녀를 알게 된 것은 1920년 무렵이었다. 애초에 두 사람은 만나자마자 곧바로 사랑에 빠졌지만, 중간에 제법 긴 공백기를 가졌다가 한참 뒤인 1935년에야 결혼했다. 사진은 결혼식을 마치고 나오는 장면이다.

체코슬로바키아 공화국 초대 대통령 토마슈 G. 마사리크와 함께

카렐이 대학을 졸업하기 한 해 전인 1914년에 오스트리아 – 헝가리가 제1차 세계대전에 돌입했다. 카렐은 지병이었던 강직성 척추염 때문에 병역에서 면제되었고, 1917년에 〈국민신문〉 편집부에 들어가 칼럼 등을 담당하기 시작했다. 세계대전이 장기화되자, 철학자이자 정치가였던 토마슈 G. 마사리크(1850~1937)가 서구로 망명해서 체코슬로바키아 독립운동을 조직했다. 독립운동은 연합국의 지지를 얻어 국제적으로도 주목을 받았다. 국내의 체코인 세력은 신중한 자세로 지켜보고 있다가, 1917년 후반기부터 제국에 강하게 저항하기 시작했다. 1918년 10월 28일에 프라하에서 독립선언을 하고, 이어서 슬로바키아인 대표도 체코인과 공동국가를 창설한다는 선언을 했다. 그로 인해 체코슬로바키아 공화국이 건국되고, 초대 대통령으로 마사리크가 선출되었다. 차페크 형제는 1921년에 함께 〈인민신문〉로 옮겼다. 같은 신문사 편집부에는 중도과 계열의 지식인들이 모여 있었는데, 논조는 마사리크 대통령과 비슷했다. 카렐은 특히 마사리크 대통령과 친분이 있었고, 약 8년에 걸쳐 3권의 인터뷰집 『대화 : 청년시절』(1928), 『대화 : 인생과 작업』(1931), 『대화 : 사상과 삶』(1935)을 출간했다.

### 죽음

1938년 12월 26일 조간 〈인민신문〉 1면에 카렐 차페크의 사망 소식이 실렸다. 제2차 세계대전을 일으킨 나치스가 체코 프라하를 침공하기 석 달 전이었다. 나치스를 신랄하게 비판해왔던 카렐의 죽음을 미처 알지 못한 독일 비밀경찰은, 프라하에 입성하자마자 카렐을 체포하러 그의 집으로 쳐들어갔다고 한다.

책 『로봇』 초판본(1920)과 연극 〈로봇〉 초연 포스터(1921)

왼쪽 책은 1920년 체코 프라하의 아벤티눔 출판사에 나온 초판본이며, 북디자인은 형인 요제프의
솜씨다. 오른쪽 포스터는 이듬해인 1921년 1월 25일 프라하에서 초연되었을 당시의 포스터다.

1922년 씨어터 길드의 공연 장면

연극 〈로봇〉은 1921년 프라하 초연을 거쳐, 1922년 10월 9일에 런던과 뉴욕에 동시 상륙했다.
뉴욕 개릭 극장에서 막을 올린 씨어터 길드의 공연은 한 시즌에 184회나 연속해서 공연될 만큼
경이로운 성공을 거뒀다. 서막의 한 장면으로 왼쪽부터 주요 등장인물인 헬레나, 도민, 갈 박사,
부스만, 할레마이어, 파브리 그리고 맨 오른쪽에 앉아 있는 사람이 알퀴스트다.

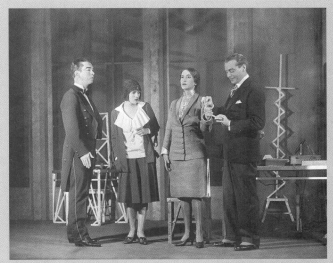

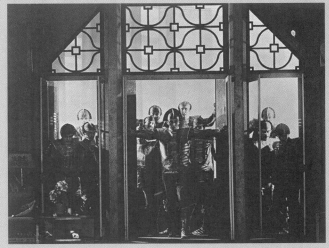

1928년~1929년 씨어터 길드의 공연

씨어터 길드는 1928년~1929년에도 〈로봇〉을 공연했는데, 이때의 무대미술은 리 시몬슨의 솜씨다. 위는 도민이 헬레나에게 로봇이 인간과 다르다는 걸 보여주는 장면으로, 왼쪽부터 라디우스, 헬레나, 술라, 도민이다. 아래는 2막에 나오는 로봇들의 반란 장면이다.

⟨로봇⟩의 무대장치

원작 자체가 이미 미래 사회를 향한 묵시록적 상상력과 스케일을 자극함에 따라, 연극 무대 또한 창의적이고 기발한 장치들을 많이 고안해내려고 노력했다. 위에서부터 건축가 베드지흐 포이에르슈타인, 리 시몬슨, K. 키슬러의 무대장치다.

연극 〈로봇〉과 TV영화 〈로봇〉

위는 씨어터 길드의 1928~1929년의 공연 장면으로, 로봇 라디우스가 헬레나에게 "나는 어떤 주인도 필요하지 않습니다. 나는 다른 사람의 주인이 되고 싶습니다."라고 처음으로 자기 존재감을 드러내는 순간이다. 아래는 1938년 영국 BBC방송이 만든 TV영화장면.

1921년 프라하 초연에 나오는 알퀴스트

작품 전체에 걸쳐 제일 오래 등장하는 인물이 바로 '로숨 유니버설 로봇' 회사의 건축주임 알퀴스트다. 차페크는 그에 관해 '다른 이들보다 나이가 많으며, 신경 쓰지 않은 옷차림, 긴 반백의 머리카락과 구레나룻'라는 설명을 덧붙였다. 작품에 등장하는 인물들의 이름에는 비유가 조금씩 들어 있는데, 알퀴스트는 단지 성격을 내포하는 데 그치지 않고 더 깊은 뜻을 품고 있다. 라틴어 'aliquis'는 '그 어떤 자'를 뜻하는데, 이는 고난을 감수하는 선지자 혹은 구원의 상징인 '누군가'로 해석할 수 있다.

1921년 프라하 초연에 나오는 프리무스

카렐 차페크는 현대 SF의 창시자이기도 하다. 희곡 『로봇』(로숨의 유니버설 로봇, 1920)에서 과학 문명의 발달에 따라 신의 지위를 얻은 과학자가 인조인간을 창조하는 이야기가 펼쳐진다. 자본가는 점차 대량생산을 하고 안정된 노동력을 확보하지만, 인간에 순종하던 인조인간들이 세계 규모의 반란을 일으키고, 인간은 마침내 … . 형 요제프가 고안한 '로봇'이라는 신조어는 이 작품을 통해 세계에 널리 퍼졌다. 특히 마지막 3막에 등장하는 로봇 프리무스는 인간과 로봇이 직면할 변화, 그리고 운명적 숙제의 한가운데 있는 존재다.

등장인물

# ROBOT

# 로봇 _ 희극적인 서막과 3막으로 구성된 집체극

【등장인물】

| | |
|---|---|
| 해리 도민 | R.U.R.(로숨 유니버설 로봇) 회사 대표이사 |
| 엔지니어 파브리 | R.U.R. 회사 기술담당 중역 |
| 갈 박사 | R.U.R. 회사 생리학 연구부 부장 |
| 할레마이어 박사 | 로봇 심리교육연구소 소장 |
| 법률고문 부스만 | R.U.R. 회사 영업담당 중역 |
| 건축사 알퀴스트 | R.U.R. 회사 건축주임 |
| 헬레나 글로리오바 | |
| 나나 | 헬레나 글로리오바의 유모 슬라브권에서는 나이가 들어도 유모가 따라다니는 전통이 있다 |
| 마리우스 | 로봇 |
| 술라 | 여자 로봇 |
| 라디우스 | 로봇 |
| 다몬 | 로봇 |
| 로봇 1 | |
| 로봇 2 | |
| 로봇 3 | |
| 로봇 4 | |
| 프리무스 | 로봇 |
| 헬레나 | 여자 로봇 |

하인 로봇 및 다른 여러 로봇들

【 주요 등장인물의 특징 】

도민 : 서막에서 38세 정도의 남자로 나온다. 키가 크고 깨끗하게 면도한 얼굴.

파브리 : 역시 깨끗하게 면도했으며, 금발에 진지하고 부드러운 얼굴.

갈 박사 : 작은 체구에 생기발랄하며, 거무스름한 피부에 검은 콧수염.

할레마이어 : 거대한 체구에 튼튼해 보이고, 붉은 영국식 콧수염에 붉은 더벅머리.

부스만 : 뚱보, 대머리, 근시.

알퀴스트 : 남들보다 나이가 많고, 신경 쓰지 않은 옷차림, 반백의 긴 머리카락과 구레나룻.

헬레나 : 매우 우아하다.

^ 1막부터는 모든 이들이 서막보다 나이가 열 살 더 많아져서 등장한다.

^ 서막에서 **로봇**들은 사람처럼 옷을 입고 나온다. 로봇들의 동작과 발화發話는 간결하다. 얼굴은 무표정하고 눈동자는 고정되어 있다. 연극에서 **로봇**들은 리넨 셔츠에 벨트로 허리를 조여 매고 나온다. 그리고 가슴에는 놋쇠로 된 번호를 단다.

^ 서막과 2막 뒤에 **막간 휴식**(Intermission)을 갖는다.

# ROBOT

'로숨 유니버설 로봇' 공장의 중앙 사무실. 무대 오른쪽에 출입구가 있다. 무대 정면에 있는 창문 밖으로, 끝없이 늘어서 있는 공장 건물들이 보인다. 왼쪽에는 더 많은 관리 사무실들이 있다.

　　도민은 커다란 미국 스타일의 서재용 책상을 앞에 두고 회전의자에 앉아 있다. 책상 위에는 램프와 전화, 서진書鎭, 편지 파일 등이 놓여 있다. 왼쪽 벽에는 기선 항로와 기차 노선이 그려진 커다란 지도, 커다란 달력, 그리고 막 정오를 가리키려는 시계가 걸려 있다. 오른쪽 벽에는 인쇄된 포스터들이 붙어 있다. '가장 저렴한 노동. 로숨의 로봇', '신제품 열대지방용 로봇. 1개에 150달러', '당신만의 로봇을 장만하세요!', '생산비를 줄이고 싶으십니까? 로숨의 로봇을 주문하십시오!' 그리고 지도 몇 장과 선박 운항 시간표, 환율 변동표가 있다. 벽에 걸려 있는 이런 것들과는 대조적으로, 바닥에는 호화로운 터키산 카펫이 깔려 있다. 오른쪽에는 둥근 테이블, 소파, 클럽 스타일의 가죽 안락의자, 그리고 책 대신에 포도주와 양주 병들이 진열된 책장이 있다. 왼쪽에는 금고가 있다. 도민의 책상 바로 옆에서 술라가 편지를 타이프로 치고 있다.

| 도민 | (구술한다.) "본사는 운송 과정에서 발생한 제품 파손에 대 |
| --- | --- |
| | 해서는 어떠한 책임도 지지 않습니다. 선적하기 직전, 우 |
| | 리는 귀사의 선장에게 로봇을 운송하기에는 배가 적합하 |
| | 지 않다는 사실을 주지시켰습니다. 그러므로 본사는 운송 |
| | 과정의 손상에 대해서 재정적인 책임이 없습니다. 로숨 유 |
| | 니버설 로봇 회사 대표 … ." 다 썼나? |
| 술라 | 네. |
| 도민 | 다음. "프레드리쉬베르케, 함부르크 … ." 날짜 쓰고 … "로 |
| | 봇 1만 5천 개에 대한 귀사의 주문을 받았음을 통지합니다 |
| | … ." |

(내선 전화가 울린다. 도민은 수화기를 들고 통화하기 시작한다.)

| 도민 | 여보세요 … 중앙 사무실입니다 … 예 … 맞습니다 … 예예 |
| --- | --- |
| | … 그대로입니다 … 물론이죠. 전보로 보내주십시오 … 좋 |
| | 습니다. (전화를 끊으면서) 내가 어디까지 말했지? |
| 술라 | "로봇 1만 5천 개에 대한 귀사의 주문을 받았음을 통지합 |
| | 니다." |
| 도민 | (골똘히 생각하면서) 로봇 1만 5천 개라, 1만 5천 개 … . |
| 마리우스 | (무대에 등장하며) 사장님, 어떤 숙녀분이 오셔서 … . |
| 도민 | 누군데? |
| 마리우스 | 모르겠습니다. (도민에게 명함을 건넨다.) |

| 도민 | (읽는다.) 글로리 사장이라 … 들어오시라고 해. |
| 마리우스 | (문을 열며) 들어오십시오. |

(헬레나 글로리오바, 등장한다. 마리우스, 퇴장한다.)

| 도민 | (일어서면서) 처음 뵙겠습니다. |
| 헬레나 | 대표이사 도민 씨인가요? |
| 도민 | 네, 말씀하세요. |
| 헬레나 | 제가 여기에 온 것은 … . |
| 도민 | 글로리 사장님의 명함을 갖고 오신 거죠? 그걸로 충분합니다. |
| 헬레나 | 글로리 사장님은 저희 아버지세요. 전 헬레나 글로리오바라고 합니다. |
| 도민 | 글로리오바 양, 정말 대단한 영광입니다. 이렇게 … . |
| 헬레나 | 그냥 돌려보내지는 않으시겠죠? |
| 도민 | 위대한 사장님의 따님을 맞이할 수 있어서 영광이라는 겁니다. 자, 여기 앉으시지요. 술라, 넌 나가도 돼. |

(술라, 퇴장한다.)

| 도민 | (앉으면서) 제가 어떻게 도와드려야 할까요, 글로리오바 양. |
| 헬레나 | 제가 여기에 온 것은 … . |

| 도민 | 인조인간을 만드는 우리 공장을 둘러보시기 위해서겠죠. 다른 방문객들처럼 말입니다. 그야 기꺼이 보여드리겠습니다. |
|---|---|
| 헬레나 | 하지만 금지되어 있을 거라 생각했는데 … . |
| 도민 | 물론 공장에 들어가는 건 금지되어 있습니다. 그래도 다들 누군가의 명함을 갖고 여기에 찾아오죠, 글로리오바 양. |
| 헬레나 | 그럼 모든 사람들에게 보여준다는 … ? |
| 도민 | 몇 가지만요. 인조인간을 제작하는 기술은 회사의 기밀입니다, 글로리오바 양. |
| 헬레나 | 만약 당신이 제가 얼마나 이 일을 … . |
| 도민 | 흥미로워한다는 걸 안다면 … 그런 말이겠죠? 지금 구대륙 유럽에서는 오직 이 일에 대해서만 얘기하고 있죠. |
| 헬레나 | 제 말을 좀 끝까지 들어주시겠어요? |
| 도민 | 죄송합니다. 뭔가 다른 말을 하려고 하셨나 보죠? |
| 헬레나 | 제가 여쭤보고 싶었던 건, 음 … . |
| 도민 | 당신한테만 특별히 예외적으로 우리 공장을 보여줄 수 있냐는 거죠? 물론 되고 말고요, 글로리오바 양. |
| 헬레나 | 제가 지금 그걸 여쭤보려는 걸 어떻게 아셨어요? |
| 도민 | 모든 사람들이 다 똑같은 걸 물어보죠. (일어서면서) 특별하게 경의를 표하는 뜻에서, 당신께는 지금까지 다른 사람들에게 보여줬던 것보다 더 많은 것을 보여드리겠습니다. 음 … 한마디로 말해서 … . |

| | |
|---|---|
| 헬레나 | 감사합니다. |
| 도민 | 하지만 절대로 누설하지 않겠다고 맹세하셔야 합니다. |
| 헬레나 | (일어나 악수를 청하면서) 맹세해요. |
| 도민 | 감사합니다. 저, 그 베일을 좀 올려주실 수 있나요? |
| 헬레나 | 오, 물론이지요. 제가 어떤 사람인지 살펴보고 싶으시겠지요. 실례합니다. |
| 도민 | 뭐라구요? |
| 헬레나 | 제 손을 좀 놔주시겠어요? |
| 도민 | (손을 놓으면서) 아, 죄송합니다. |
| 헬레나 | (베일을 올리면서) 당신은 제가 스파이가 아니란 걸 확인하고 싶으신 거죠? 정말 의심도 많으시네요! |
| 도민 | (넋을 잃고 쳐다보며) 흐음, 물론, 우리는 … 에, 그렇죠. |
| 헬레나 | 절 못 믿으시겠나요? |
| 도민 | 전혀요, 헬레나, 아, 죄송합니다, 글로리오바 양. 와주셔서 정말 대단히 기쁩니다. 오시는 동안 항해는 즐거우셨습니까? |
| 헬레나 | 네. 그런데 그건 왜 … ? |
| 도민 | 왜냐하면 저는 단지 … 에, 당신이 너무 젊어 보여서 말이죠. |
| 헬레나 | 이제 공장으로 곧장 가는 건가요? |
| 도민 | 네. 한 스물둘 정도일 것 같은데 … 그렇죠? |
| 헬레나 | 뭐가요? |

도민     나이 말입니다.

헬레나   스물하나예요. 그런데, 그게 왜 궁금하시죠?

도민     왜냐하면, 그게, 저 … (열정에 찬 목소리로) 이곳에 잠시 머무
        르실 거죠, 그렇죠?

헬레나   그거야 제가 공장에서 뭘 보는가에 달려 있죠.

도민     오, 빌어먹을 놈의 공장! 그래요. 분명히 말하지만, 당신은
        모든 걸 볼 수 있을 겁니다, 글로리오바 양. 자, 앉으시죠.
        발명의 역사에도 관심이 있으십니까?

헬레나   네. 그야 물론이죠. (앉는다.)

도민     에, 그게 말입니다. (책상에 앉아서 황홀하게 헬레나를 바라본다.
        그리고 빠른 속도로 줄줄 외우다시피 이야기를 한다.) 1920년, 그
        땐 위대한 철학자인 늙은 로숨도 아직 젊은 학자였는데, 그
        는 해양생태계를 연구하기 위해서 이 머나먼 섬으로 왔습
        니다. 동시에 그는 화학적 결합을 사용해 원형질이라고 알
        려진 생명체를 복제하려고 했는데, 그때 갑자기, 비록 화학
        적 구성이 다르긴 하지만 완전히 생명체처럼 행동하는 물
        질을 발견했습니다. 그때가 바로 아메리카 대륙을 발견한
        지 딱 440년이 지난 1932년이었습니다. 휴우 – !

헬레나   그걸 다 외우시나 봐요?

도민     네. 글로리오바 양. 생리학은 제 전공 분야가 아니라서요.
        계속해도 될까요?

헬레나   네. 계속해주세요.

도민    (엄숙하게) 그래서 말입니다, 글로리오바 양. 늙은 로숨은 자신의 화학 공식들 사이에다 이렇게 적었죠. "자연은 생명체를 조직하는 단 하나의 과정만 발견해왔다. 그런데 여기에 또 다른 과정이, 더 단순하고, 더 유연하고, 더 빠른 과정이 있다. 이 과정은 자연이 전혀 생각하지 못했던 방법이다. 바로 오늘, 나는 생명의 진화가 이루어질 수 있는 또 다른 과정을 발견했다." 상상해보십시오, 글로리오바 양. 심지어 개도 먹지 못할 점액질의 콜로이드 젤리에 대해 로숨이 이렇게 고상한 말을 썼다는 걸 말입니다. 시험관 옆에 앉아 거기서 커다란 생명나무가 자라나는 걸 생각하고 있는 로숨의 모습을 상상해보십시오. 한 마리 작은 벌레에서 시작해서 마지막엔 … 마지막엔 인간 자신에 이르기까지 온갖 종류의 동물이 나오는 것을 생각하고 있었단 말입니다. 인간이라고는 하지만 우리하고는 다른 재료로 만들어진 인간이죠. 글로리오바 양, 그건 정말 위대한 순간이었습니다.

헬레나    그래서, 그다음에는요?

도민    그다음요? 그다음에는 그 시험관에서 어떻게 생명체를 도출해내어 진화를 촉진시키고, 여러 기관과 뼈와 신경체 등을 만들고, 일정한 물질들, 촉매제나 효소, 호르몬 등을 찾느냐가 문제였습니다. 간단히 말하자면 … 그런데 무슨 말인지 이해가 되나요?

헬레나　　　모 … 모르겠어요. 정말 잘 모르겠어요.

도민　　　　뭐, 잘 모르기는 저도 마찬가지입니다. 어쨌든, 늙은 로숨은 그런 물질들을 가지고 원하는 건 뭐든지 혼합해서 만들수 있었습니다. 예를 들자면, 그는 소크라테스의 머리가 달린 메두사도 만들고 50미터나 되는 기다란 벌레도 만들수 있었죠. 하지만 유머라곤 눈꼽만큼도 없었던 그 사람은 평범한 척추동물을 만들 계획을 세웠죠. 일종의 사람을 만들려고 한 거죠. 결국 늙은 로숨은 그 일에 착수했습니다.

헬레나　　　뭐에 착수했다구요?

도민　　　　자연을 모방하는 것 말입니다. 제일 먼저 그는 인조 개를 만들려고 시도했습니다. 그 일은 여러 해가 걸렸죠. 그러다 마침내, 돌연변이가 송아지 같은 것을 만들었는데, 며칠만에 죽어버렸습니다. 박물관에 가면 그것을 보여드리죠. 그런 뒤, 늙은 로숨은 인간을 제작하는 일에 착수했습니다.

사이|pause

헬레나　　　이건 … 이 이야기는 아무한테도 누설하면 안 되는 건가요?

| 도민 | 절대로 안 됩니다. |
|------|------------------|
| 헬레나 | 하지만 유감스럽게도 이 이야기는 벌써 모든 교과서에 다 실려 있어요. |
| 도민 | 유감이죠. (테이블에서 뛰어내려 헬레나의 곁에 앉는다.) 하지만 교과서에 없는 얘기가 뭔지 아십니까? (자신의 이마를 가볍게 두드리며) 늙은 로숨은 완전히 미친 사람이었습니다. 정말이에요, 글로리오바 양. 하지만 이건 당신만 알고 계셔야 합니다. 그 늙은 괴짜는 실제로 인간을 만들고 싶어 했습니다. |
| 헬레나 | 하지만 당신은요? 당신도 인간을 만들잖아요. |
| 도민 | 비슷하긴 하죠, 글로리오바 양. 하지만 늙은 로숨은 문자 그대로 '인간'을 만들고 싶어 했습니다. 아시겠어요? 그는 과학의 힘으로 신을 끌어내리려고 했던 겁니다. 그는 공포 스러운 유물론자였는데, 그 때문에 이 모든 일을 했던 거죠. 늙은 로숨에게 그 일은, 하느님이 더 이상 필요하지 않다는 것을 증명하는 일이었습니다. 그래서 그는 우리와 머리카락까지 똑같은 인간을 만들려고 결심했죠. 해부학에 대해서는 좀 아시나요? |
| 헬레나 | 아뇨. 거의 몰라요. |
| 도민 | 저도 그렇습니다. 그러니 그가 인간 몸속에 있는 모든 것들을 다 똑같이 제작하려고 했던 걸 상상해보세요. 맹장, 편도선, 배꼽, 그런 불필요한 것들까지도 전부 다요. 끝으 |

로는, 에, 거 뭐냐, 생식기까지도 만들려고 했죠.

헬레나   하지만 그런 것들도 다 … 그런 것들도 다 결국엔 … .

도민     불필요한 게 아니다? 저도 압니다. 하지만 만약 인간이 인
         공적으로 만들어질 수 있다면, 그땐 그런 것이, 에, 어쨌든
         불필요해진다는 … .

헬레나   무슨 말씀인지 알겠어요.

도민     박물관에 가면, 그가 10년에 걸쳐 겨우 완성한 게 뭔지 보
         여드리겠습니다. 남자를 한 명 만들었는데, 겨우 3일밖에
         못 살았답니다. 늙은 로숨은 멋이라곤 전혀 없는 사람이었
         죠. 그가 만든 것은 끔찍한 형상이었습니다. 하지만 그 완
         성품의 내부에는 사람이 가질 수 있는 모든 요소들이 다
         있었습니다. 그건 정말이지 놀랄 만큼 섬세한 작품이었어
         요. 바로 그때 엔지니어인 늙은 로숨의 아들, 젊은 로숨이
         나타났습니다. 영리한 친구였죠, 글로리오바 양. 그는 노
         인이 만들고 있는 것을 보고 이렇게 말했죠. "이건 말도 안
         돼요. 사람 한 명을 만드는 데 10년이나 걸리다뇨? 자연보
         다 빨리 만들 수 없다면 그만두는 편이 나아요." 젊은 로숨
         은 자신이 직접 해부학을 공부하기 시작했습니다.

헬레나   교과서에는 그렇게 나와 있지 않던데요?

도민     (일어서면서) 교과서에는 돈 주고 광고를 실었을 뿐이죠. 다
         말도 안 되는 엉터리입니다. 예를 들어, 교과서에는 한 노
         인이 로봇을 발명했다고 나오죠. 하지만, 사실, 그 노인은

대학에는 잘 어울렸을지 몰라도 공장의 생산에 관해서는 정말 무지했습니다. 노인은 진짜 인간을 만들려고 했어요. 조교수든 바보 천치든 간에 새로운 인종원문은 '새로운 인디언 종족 (novi Indiani)'이지만 '인디언'이라는 낱말이 아메리카 대륙 정복자의 시각에서 나온 그릇된 어법이므로 '새로운 인종'이라 의역에 가까운 그런 사람을요, 아시겠어요? 하지만 생명이 있고 두뇌의 정밀도가 높은 노동 기계를 만들려는 생각을 해낸 건 젊은 로숨이었습니다. 교과서에 실린, 두 명의 위대한 로숨가※ 사람들의 협동 작업에 대한 얘기는 전부 다 지어낸 소문일 뿐이에요. 그들은 지독하게 싸우곤 했죠. 늙은 무신론자는 산업에 대해선 조금도 이해하지 못했습니다. 그래서 결국엔 젊은 로숨이 늙은 이를 연구실에 가두어버렸어요. 자신이 만든 불후의 괴물이나 만지작거릴 수 있는 곳에 말입니다. 그리고 젊은 로숨은 엔지니어의 관점에서 생산에 착수했습니다. 늙은 로숨은 젊은이를 저주하다가, 죽기 전에 그 서툰 솜씨로 생리학적 괴물을 두 개 더 만들었죠. 그러다 결국 어느 날 연구실에서 죽은 채로 발견되었습니다. 여기까지가 이야기의 전부입니다.

헬레나   그럼 그 젊은이는 어떻게 됐나요?

도민   젊은 로숨은 신세대였습니다, 글로리오바 양. 발견의 세대에 뒤이어 나타난 생산의 세대였지요. 그는 인체 해부도를 들여다보고선 즉각적으로, 내부가 지나치게 복잡하다는 걸 알았습니다. 그리고 훌륭한 엔지니어라면 내부를 단순하게 만들 수 있다고 생각했죠. 그래서 젊은 로숨은 무엇을 없애고 무엇을 단순화하는 게 적합한지를 실험하면서, 인체를 다시 설계하기 시작했습니다. 간단히 말해서 … 그런데 … 혹시 지루하지 않으십니까, 글로리오바 양?

헬레나   아뇨. 그 반대예요. 정말 흥미로워요.

도민     그때 젊은 로숨은 마음속으로 생각했습니다. '인간 … 인간이란 건, 행복을 느끼고, 바이올린을 연주하고, 산책을 하고 싶어 하는, 대개는 실제로 별로 쓸모없는 것들을 많이 필요로 하는 그런 존재야.'

헬레나   오, 저런!

도민     잠깐만요. 여기서 쓸모없다는 것은, 사람이 바느질이나 계산을 해야 할 때 필요 없는 기능을 말합니다. 가솔린 엔진에 장식이나 장신구가 있을 필요는 없지 않습니까, 글로리오바 양? 인조 노동자를 만드는 것은 가솔린 엔진을 만드는 것과 똑같은 겁니다. 생산 과정은 최대한 단순해야 하고, 제품은 최대한 실용적이어야 합니다. 글로리오바 양은 어떤 노동자가 가장 훌륭하다고 생각하십니까?

헬레나   가장 훌륭한 노동자요? 그야 뭐, 음 … 가장 정직하고, 가장 성실한 사람이겠죠.

도민     아니죠. 가장 값싼 노동자입니다. 욕구가 가장 적은 노동자 말입니다. 젊은 로숨은 최소한만 요구하는 노동자를 창조했습니다. 그러려면 노동자를 단순화해야만 했습니다. 그는 노동과 직접적으로 관련되지 않는 기능은 전부 다 내다 버렸습니다. 버리면서, 그는 사실상 사람을 거부하고 로봇을 창조했던 겁니다. 친애하는 글로리오바 양, 로봇은 사람이 아니죠. 기계적으로는 그들이 우리보다 완벽합니다. 또 깜짝 놀랄 만한 지적 능력도 갖고 있죠. 하지만 그들에겐 영혼이 없습니다. 오, 글로리오바 양. 엔지니어의 생산물은 자연의 창조물보다 기술적으로 더 정교합니다.

헬레나 인간은 하느님의 창조물이라고 말해요.

도민 그건 완전히 틀린 말이에요. 하느님은 현대 공학에 대해서 아무것도 모르십니다. 작고한 젊은 로숨이 하느님의 역할을 사칭했다면 믿으시겠습니까?

헬레나 무, 무슨 말씀이시죠?

도민 그는 수퍼 로봇을 만들기 시작했습니다. 일하는 거인 말입니다. 키가 4미터인 로봇을 만들려고 실험했죠. 그 메머드들이 어떻게 부서져버렸는지 당신께 얘기해도 아마 믿지 않으실 겁니다.

헬레나 부서져버렸다고요?

도민 네. 갑자기 다리가 부러지고 뭐 그랬던 겁니다. 분명, 거인이 살기에는 이 지구가 너무 작았던 거죠. 지금 우리는 보통 사람만 한 키에 사람처럼 보이는 외모를 지닌 로봇들만 만듭니다.

| 헬레나 | 저는 로봇을 고향에서 처음 봤어요. 시에서 로봇들을 산 거죠. 음 … 그러니까 제 말은 … 로봇들을 고용했다는 … . |
|---|---|
| 도민 | 산 거죠, 글로리오바 양. 로봇은 사는 겁니다. |
| 헬레나 | 로봇들을 거리 청소부로 삼았어요. 저는 그들이 길을 청소하는 걸 봤어요. 그 로봇들은 정말 이상하고, 정말 말이 없었어요. |
| 도민 | 참, 제 비서를 보셨습니까? |
| 헬레나 | 자세히 못 봤어요. |
| 도민 | (벨을 울린다.) 아시겠지만, 로숨 유니버설 로봇 회사는 아직까지 제품들의 품질을 완전히 동일하게 만들지는 못합니다. 품질이 더 좋은 로봇들도 있고, 또 품질이 좀 떨어지는 로봇들도 있습니다. 제품들이 좀 차이가 납니다. 제일 좋은 로봇은 한 20년까지 살죠. |
| 헬레나 | 그다음엔 죽나요? |
| 도민 | 에 … 다 소모된 거죠. |

(술라, 등장한다.)

| 도민 | 술라, 글로리오바 양께서 널 보고 싶어하신다. |
| 헬레나 | (일어나 악수를 청하며) 처음 뵈어요. 이렇게 세상과 멀리 떨어진 곳에 계시려면, 정말 지루하실 것 같아요. |
| 술라 | 그건 말씀드릴 수 없습니다, 글로리오바 양. 앉으십시오. |

헬레나   (앉으면서) 고향이 어디세요?

술라     여기 공장입니다.

헬레나   어머, 여기서 태어나셨어요?

술라     네. 전 여기서 만들어졌습니다.

헬레나   (펄쩍 뛰면서) 뭐라구요?

도민     (웃으면서) 술라는 사람이 아니에요, 글로리오바 양. 술라는
         로봇입니다.

헬레나   정말 죄송합니다 … .

도민     (술라의 어깨에 손을 얹으면서) 술라는 화를 내지 않아요. 우리
         가 만든 이 피부를 한번 보십시오, 글로리오바 양. 이 얼굴
         을 만져보세요.

헬레나   아뇨, 됐어요, 싫어요.

도민     술라가 우리와는 다른 물질로 만들어졌다는 걸 짐작도 못
         하셨을 겁니다. 보시다시피, 술라에겐 자신만의 부드러운
         금빛 머리칼까지 있죠. 눈동자가 좀 흐릿하긴 해도 … 그
         렇지만 이 머리칼을 좀 보십시오! 뒤로 돌아봐, 술라.

헬레나   제발 그만둬요, 그만!

도민     글로리오바 양에게 말을 건네보렴, 술라. 이분은 중요한
         손님이야.

술라     자, 앉으십시오. (둘 다 앉는다.) 이곳으로 오시는 항해는 즐
         거우셨습니까?

헬레나   아, 예, 무 … 물론이죠.

술라   돌아가실 때는 아멜리에호를 타지 마십시오, 글로리오바
      양. 청우계晴雨計기상 관측에 쓰는 기압계가 빠르게 낮아지고 있습
      니다. 705까지 떨어졌습니다. 펜실베니아호를 기다리십
      시오. 그 배는 아주 튼튼하고, 아주 좋은 배입니다.

도민   속도는?

술라   시속 20노트. 총톤수는 1만 2천 톤입니다.

도민   (웃으면서) 됐어, 술라. 충분해. 자, 이제 네 프랑스어 실력을
      좀 보여드리렴.

헬레나  프랑스어를 하세요?

술라   전 4개 국어를 할 줄 압니다. "디어 썰Dear sir, 므씨유Monsieur,
      게르테르 헤르Geehrter Herr, 즈떼니 빠네Cteny Pane." 모두 '선생님'이
      라는 호칭으로 영어, 프랑스어, 독일어, 체코어 순이다.

헬레나  (펄쩍 뛰며) 말도 안 돼! 당신은 사기꾼이에요! 술라는 로봇
      이 아녜요. 술라는 저랑 똑같은 사람이에요! 술라, 이건 수
      치스런 일이에요. 왜 이런 바보 같은 장난에 동조하는 거
      죠?

술라   전 로봇입니다.

헬레나  아냐, 아냐. 당신, 거짓말을 하는 거야! 오, 술라, 용서해줘
      요. 난 알아요. 저 사람들이 광고효과를 생생하게 내려고
      당신에게 이런 일을 시키는 거야! 술라, 당신은 나하고 똑
      같은 젊은 여자잖아요, 그렇죠? 그렇다고 말해줘요!

도민   실망시켜드려서 죄송합니다만, 글로리오바 양, 술라는 로

봇이에요.

헬레나    거짓말하지 말아요!

도민      (일어서며) 뭐라구요? (벨을 울린다.) 실례합니다만, 글로리
         오바 양, 당신을 납득시켜야만 하겠습니다.


(마리우스, 등장한다.)


도민      마리우스, 술라의 내부를 열 수 있게 해부실로 데리고 가.
         빨리!

헬레나    어디로요?

도민      해부실 말입니다. 저들이 술라를 해부하면, 가서 확인하실
         수 있을 겁니다.

헬레나    전 못 가요.

도민      죄송합니다만, 당신은 저한테 거짓말쟁이라고 하셨어요.

헬레나    설마 술라를 죽이시려는 건 아니죠?

도민      기계한테는 '죽인다'고 말하지 않습니다.

헬레나    (술라를 포옹하며) 두려워 말아요, 술라. 당신이 다치게 그냥
         내버려두지 않을 거야! 말해봐요, 당신, 모든 사람들이 이
         렇게 당신한테 잔인하게 대하나요? 이런 걸 참아선 안 돼
         요, 술라. 내 말 들려요? 참아선 안 돼, 술라!

술라      전 로봇입니다.

헬레나    그게 무슨 상관이에요. 로봇도 우리와 똑같은 선량한 사

람이에요. 술라, 사람들이 당신을 해부하게 내버려둘 건가
요?

술라      네.

헬레나    아니, 죽음이 두렵지 않은 건가요?

술라      그 질문에는 대답할 수 없습니다, 글로리오바 양.

헬레나    그럼, 자신에게 무슨 일이 일어날지 알고는 있는 거에요?

술라      네, 전 더 이상 움직이지 못하게 됩니다.

헬레나    아, 이건 끔찍한 일이에요!

도민      마리우스, 글로리오바 양에게 자네가 누군지 말씀드리게.

마리우스  로봇 마리우스입니다.

도민      술라를 해부실로 데리고 가주겠나?

마리우스   네.

도민      자네는 술라가 불쌍하다고 생각하나?

마리우스  그 질문에는 대답할 수 없습니다.

도민      술라는 이제 어떻게 되지?

마리우스  더 이상 움직이지 못하게 됩니다. 술라는 압축 분쇄기로
          보내질 겁니다.

도민      그게 바로 죽음이야, 마리우스. 자네는 죽음이 두려운가?

마리우스  아닙니다.

도민      보셨죠? 글로리오바 양, 로봇은 생명에 집착하지 않습니
          다. 그들은 그럴 수가 없어요. 그들에겐 집착할 게 아무것
          도 없습니다. 영혼도, 본능도 없는 거죠. 로봇보다는 차라

리 마당의 잔디가 살려는 의지가 더 강할 겁니다.

헬레나      오, 그만! 그만 이들을 내보내주세요!

도민      마리우스, 술라. 나가도 좋아.


(술라와 마리우스, 퇴장한다.)


헬레나      끔찍하군요! 당신이 하고 있는 이 일은 정말 혐오스러워
         요!

도민      왜 혐오스럽죠?

헬레나      저도 모르겠어요. 왜, 왜 그 여자의 이름을 술라라고 지었
         나요?

도민      예쁜 이름 아닙니까?

헬레나      남자 이름이잖아요. 술라는 로마 장군의 이름이라구요.

도민      저런, 우린 마리우스와 술라가 연인이라고 생각했습니다.

헬레나      아니에요. 마리우스와 술라는 장군이었어요. 그들은 서로
         전쟁을 벌였어요. 그게 몇 년이었지? 몇 년이더라 … 지금
         생각이 잘 안 나네요.

도민      이쪽, 창문가로 오시지요. 뭐가 보이십니까?

헬레나      벽돌공들이 보이네요.

도민      저들도 로봇입니다. 우리 섬의 노동자들은 모두 다 로봇입
         니다. 그리고 저기 저 아래, 뭐가 보이세요?

헬레나      사무실 같은 게 보이네요.

도민　　　 회계 사무소입니다. 그리고 저 안에는… .

헬레나　　 사무원들로 꽉 찼군요.

도민　　　 로봇들이죠. 우리 사무실 직원들은 모두 다 로봇입니다. 공장을 보시게 되면… .

(그 순간 공장에서 경적 소리와 사이렌 소리가 들린다.)

도민　　　 정오로군요. 로봇들은 언제 일을 멈춰야 할지 모릅니다. 2시가 되면 제가 반죽 통을 보여드리겠습니다.

헬레나　　 반죽 통이라니요?

도민　　　 (냉담하게) 반죽을 하는 큰 통들이죠. 각각의 통 속에 천 개의 로봇을 동시에 만들 수 있을 만큼 반죽을 넣어 잘 치댑니다. 그다음에는 간과 두뇌 등을 만드는 통들이 있습니다. 그리고 나서, 당신은 뼈 공장을 보시게 될 겁니다. 그다음에는 방적 공장을 보여드리죠.

헬레나　　 방적 공장이라뇨?

도민　　　 신경조직을 만드는 방적 공장이 있죠. 혈관을 만드는 방적 공장, 길고 긴 소화관을 한 번에 만들어내는 방적 공장. 그런 다음, 이 모든 것들을 자동차 공장처럼 한곳에 모으는 조립 공장이 있습니다. 각각의 노동자들은 자신이 맡은 부분만 책임집니다. 그러면 그것은 자동적으로 두 번째 노동자에게 넘어가고, 그다음에는 세 번째 … 이런 식으로 계속

되는 거죠. 참으로 황홀한 장관이 펼쳐진답니다. 그다음에는 새로 만들어진 로봇들이 배치되어 작업을 하는 건조용 가마와 저장실이 나옵니다.

헬레나  맙소사. 그럼 로봇들은 만들어지자마자 일을 해야 하는 건가요?

도민  유감이죠. 가구를 새로 들여놓으면 바로 사용하듯이 로봇도 그렇습니다. 로봇들은 자기 역할에 적응을 합니다. 어쨌거나 내부가 아물면서 서로 연결이 되고, 뭐 그런 거죠. 게다가 내부에서 새로운 부품들이 저절로 생겨나 자라기도 합니다. 이해하시겠어요? 자연스러운 발육을 위한 여지를 어느 정도 남겨놓아야만 하는 겁니다. 그러면서 제품들이 다듬어지죠.

헬레나  그게 무슨 뜻이에요?

도민  뭐, 사람들로 말하자면 '학교'와 동일한 겁니다. 로봇들은 말하기와 쓰기와 셈하는 것을 배웁니다. 로봇들은 놀라운 기억력을 가지고 있죠. 브리태니카 백과사전을 읽어주면, 모두 다 순서대로 반복할 수 있습니다. 그렇지만 거기에다 무언가 독창적인 것을 덧붙이지는 못합니다. 로봇들은 괜찮은 대학교수가 될 수도 있습니다. 그런 다음에는 로봇들을 등급대로 분류하고 배분하죠. 어쩔 수 없이 나오기 마련인 불량품들을 제외하면, 하루에 1만 5천 개의 로봇들이 나옵니다. 불량 로봇들은 압축 분쇄기로 던져지고 … 뭐 그렇죠.

헬레나   저한테 지금, 화를 내시는 건가요?

도민   화를 내다뇨, 절대 아닙니다! 전 그저, 어쩌면 우리가 다른 화제로 이야기할 수도 있었을 텐데, 뭐 그런 생각을 했을 뿐입니다. 여기 있는 수십만 개의 로봇들 사이에서 우리는 정말 몇 안 되는 사람들입니다. 게다가, 이곳에 여자는 단 한 명도 없어요. 하루 종일, 매일매일, 화젯거리라곤 그저 늘 생산에 관한 것뿐이랍니다. 마치 저주받은 사람들처럼 말이죠, 글로리오바 양.

헬레나   정말 죄송해요. 제가 당신한테, 음, 저, 거짓말한다고 이야기한 거 … .

(문을 똑똑 두드리는 소리)

도민   들어오게나.

(왼쪽에서 기술자인 파브리와 함께 갈 박사, 할레마이어 박사, 건축가인 알퀴스트가 등장한다.)

갈 박사   실례하겠습니다. 우리가 두 분을 방해한 건 아니겠죠?

도민   이쪽으로 오시죠, 글로리오바 양. 알퀴스트와 파브리, 갈, 할레마이어를 소개합니다. 이분은 글로리 사장님의 따님일세.

헬레나      (당황하며) 안녕하세요.

파브리      무슨 말씀을 드려야 할지 ….

갈 박사     깊은 경의를 표합니다.

알퀴스트    환영합니다, 글로리오바 양.


(부스만이 오른쪽에서 급하게 뛰어 들어온다.)


부스만      어이, 여기 무슨 일이 있나?

도민        여길세, 부스만. 이쪽은 우리들의 부스만입니다, 글로리오
           바 양. (부스만을 향해) 글로리 사장님의 따님일세.

헬레나      뵙게 돼서 반가워요.

부스만      오, 이렇게 멋진 일이! 글로리오바 양, 당신이 이곳에 오셨
           다고 신문사에 전보를 쳐도 되겠습니까?

헬레나      아니, 아뇨. 그러지 말아주세요!

도민        자, 글로리오바 양, 편하게 앉으시죠.

파브리      자, 여기 ….


(부스만, 갈 박사, 알퀴스트 모두 각자의 안락의자를 서로 내민다.)


부스만      앉으시죠.

갈 박사     편하게 앉으십시오.

알퀴스트　글로리오바 양, 여행은 어떠셨는지요?

갈 박사　여기 오래 머무실 건가요?

파브리　공장을 보신 소감이 어떻습니까, 글로리오바 양?

할레마이어　아멜리에호를 타고 오셨나요?

도민　이보게들, 제발 좀 조용히 하자구. 글로리오바 양, 말씀하
시죠.

헬레나　(도민에게) 저분들과 무슨 이야기를 해야 하는 거죠?

도민　(놀라면서) 뭐든지, 하고 싶은 이야기를 하시면 됩니다.

헬레나　제가 … 솔직하게 터놓고 이야기해도 될까요?

도민　물론입니다.

헬레나　(망설이다가 굳게 결심하며) 네. 그럼, 얘기해주세요. 여기서 사
람들이 여러분을 다루는 태도가 이따금 고통스럽지 않았
나요?

파브리　죄송하지만, 누굴 말씀하시는 거죠?

헬레나　모든 사람들이요.


(다들 의아한 모습으로 서로서로를 쳐다본다.)


알퀴스트　우릴 다룬다구요?

갈 박사　왜 그렇게 생각하시는 거죠?

할레마이어　놀랍군요!

부스만　글로리오바 양, 어째서 그런 말씀을?

| 헬레나 | 전 확신해요. 여러분은 더 나은 존재가 될 수 있다고 느끼셔야만 해요. |
| --- | --- |
| 갈 박사 | 뭐 그럴 수도 있겠죠, 글로리오바 양. 그런데, 무슨 뜻으로 그런 말씀을 하시는 건지요? |
| 헬레나 | 제 말은 … (감정이 폭발한다.) 이건 끔찍한 일이라는 겁니다! 정말 무시무시한 일이에요. (일어선다.) 모든 유럽이 여기서 여러분에게 벌어지는 일에 대해 이야기하고 있어요! 그래서 저는, 제 눈으로 직접 똑똑히 보기 위해서 여기에 온 겁니다. 그런데 이건 … 지금까지 사람들이 상상했던 것보다 천 배는 더 나쁜 상황이에요! 대체 이런 걸 어떻게 참으실 수가 있나요? |
| 알퀴스트 | 참다뇨, 우리가 뭘? |
| 헬레나 | 여러분의 처지 말입니다. 정말 놀랍군요. 여러분은 우리와 똑같은 사람들입니다. 모든 유럽, 전 세계 사람들과 똑같은 사람들이에요! 지금 여러분이 사는 모습은 존엄을 잃은 수치스러운 겁니다! |
| 부스만 | 하느님 맙소사, 글로리오바 양! |
| 파브리 | 아냐, 아냐. 그 말에 일리가 있어. 우린 여기서 정말 야만인들처럼 살고 있는 거라구. 원문에는 '인디언(Indiani)'이라고 되어 있으나, 앞에서 밝힌 것처럼 '야만인'으로 고쳐 옮겼다. |
| 헬레나 | 야만인보다도 못한 거죠! 여러분, 제가, 음, 제가 여러분을 동지라고 불러도 될까요? |

부스만   그거야 뭐, 안 될 거 있나요?

헬레나   동지 여러분, 저는 글로리 사장님의 딸로 이곳에 온 게 아니에요. 저는 인권연맹을 대표하여 이곳에 왔습니다. 형제 여러분, 인권연맹은 지금 회원수가 벌써 20만 명이 넘었습니다. 20만 명의 사람들이 여러분을 후원하며 지지하고 있습니다.

부스만   20만 명이라고? 훌륭한 일이군, 멋진 일이야.

파브리   거봐, 내가 뭐랬어? 옛 유럽보다 더 나은 건 없다고 그랬잖아! 봤지? 유럽은 우리를 잊지 않았다구. 그들은 우릴 도와주고 있단 말일세.

갈 박사   근데 어떻게 도와준다는 거야? 연극 공연이라도 하려나?

할레마이어   오케스트라?

헬레나   그 이상입니다.

알퀴스트   그럼, 당신인가요?

헬레나   오, 저야 물론이죠! 여러분들께 제가 필요하다면 저는 언제까지든 이곳에 머무를 겁니다.

부스만   아이고, 하느님, 이렇게 좋을 수가!

알퀴스트   도민, 난 가서 글로리오바 양을 위해 제일 좋은 방을 준비해놓겠네.

도민   잠깐만. 제 생각엔 … 음, 글로리오바 양이 아직 할 말을 다 못한 것 같은데요.

헬레나   네. 다 못했어요. 할 말이야 아직 남았죠. 당신이 억지로 제

입을 틀어막지만 않는다면 말이죠.

갈 박사　　그러기만 해봐, 해리!

헬레나　　고마워요. 전 여러분이 저를 지지해줄 거란 걸 알고 있었어요.

도민　　죄송하지만, 글로리오바 양. 혹시 … 당신 지금 … 설마 로봇들과 이야기하고 있다고 생각하시는 건 아니겠죠?

헬레나　　(잠시 멈칫한다.) 그럼 … 로봇 … 아닌가요?

도민　　죄송하지만 이 신사분들은 당신과 똑같은 사람입니다. 모든 유럽인들과 똑같아요.

헬레나　　(다른 이들에게) 여러분들, 로봇이 아니었어요?

부스만　　(너털웃음을 웃으며) 그럴 리가 있나요!

할레마이어　참 나, 우리더러 로봇이라니!

갈 박사　　(웃음을 터트리며) 대단히 감사합니다, 글로리오바 양.

헬레나　　하지만 … 그럴 리가요?

파브리　　명예를 걸고 말씀드리죠, 글로리오바 양. 우린 로봇이 아닙니다!

헬레나　　(도민을 향해) 그럼 왜 저한테 이곳 직원들이 모두 로봇이라고 말씀하신 거죠?

도민　　맞아요. 사무실 직원들은 모두 로봇들입니다. 하지만 관리자들은 사람이죠. 소개하겠습니다, 글로리오바 양. 로숨 유니버설 로봇 회사의 기술담당 중역인 파브리입니다. 여기 갈 박사는 생리학 연구부 부장입니다. 그리고 로봇 심리교육연구소 소장인 할레마이어 박사, 영업을 담당하고 있는 법률고문 부스만, 로숨 유니버설 로봇 회사의 건축주임인 건축사 알퀴스트입니다.

헬레나 죄송합니다, 여러분. 제가 … 제가 한 짓이 정말 … 몹시 불쾌하셨죠?

알퀴스트 아이고 저런, 글로리오바 양. 여기 앉으시죠.

헬레나 (앉는다.) 전 정말 순진한 소녀로군요. 이제 … 이제 당신들은 다음 배에 저를 태워서 돌려보내시겠죠?

갈 박사 그럴 리가 있나요, 글로리오바 양. 뭣 때문에 우리가 당신을 돌려보낼 거라고 생각하시는 거죠?

헬레나 왜냐하면, 여러분께서 다 알아버리셨으니까요. 왜냐하면 … 왜냐하면 저는 … 로봇들을 선동하러 온 거니까요.

도민 친애하는 글로리오바 양, 그동안 이곳에 왔던 구세주나 선지자들이 최소한 100명은 될 겁니다. 배가 올 때마다 한 명씩은 오죠. 선교사들, 무정부주의자들, 구세군, 뭐, 상상할 수 있는 모든 이들이 한 번씩은 다 찾아왔습니다. 세상에 얼마나 많은 교파와 미치광이들이 있는지 당신이 아신다면, 아마 깜짝 놀라실 겁니다.

헬레나 그럼, 당신은 그동안 그 사람들이 로봇들에게 말을 걸게 내버려뒀나요?

도민 물론이죠. 지금까지 그들은 다들 하나같이 포기하고 말았습니다. 로봇들은 모든 것을 기억해요. 하지만 그 이상, 아무엇도 아니죠. 로봇들은 심지어 사람들이 말하는 것을 듣고 웃지도 않습니다. 실제로, 믿기 어렵지만 사실입니다. 관심이 있으시다면, 제가 로봇 창고로 모셔다드리겠습니다. 그곳에는 약 30만 개의 로봇들이 있죠.

부스만    정확히 34만 7천 개지.

도민    그래 맞아. 당신이 원하는 대로, 그들을 뭐라고 불러도 좋습니다. 그들에게 성경이든 대수<sup>對數</sup>든, 들려주고 싶으신 거 아무거나 읽어주셔도 좋습니다. 로봇들에게 인권에 대한 연설을 하셔도 좋단 말입니다.

헬레나    하지만 전, 제 생각엔 … 누군가 로봇들에게 조금이라도 사랑을 보여준다면 … .

파브리    말도 안 됩니다, 글로리오바 양. 로봇은 사람이랑 완전히 다릅니다.

헬레나    그럼, 당신들은 왜 로봇을 만들고 있죠?

부스만    하하하, 그거 좋은 질문이군요! 우리는 왜 로봇을 만드는가!

파브리    일을 시키기 위해서죠, 글로리오바 양. 로봇 하나는 인간 노동자로 치면 두 사람 반의 몫을 한답니다. 인간이라는 기계는 정말 대책이 안 설 만큼 불완전했죠. 그러니 (인간 사회의 노동 제도 전반은) 즉각 폐지되어야만 했던 겁니다.

부스만    비용이 너무 많이 들었죠.

파브리    효율성도 훨씬 떨어졌구요. 현대 기술을 제대로 쫓아오지도 못했습니다. 두 번째로는 … 두 번째로는, 이런 일이 위대한 진보라는 건데 … 음, 실례하겠습니다.

헬레나　네?

파브리　음, 이 말에 양해를 구합니다. 기계로 출산한다는 건 위대한 진보입니다. 훨씬 더 빠르고 편리하죠. 속도의 촉진이란 곧 진보를 말합니다, 글로리오바 양. 자연은 현대의 노동 속도에 대해서 아무것도 이해하지 못했습니다. 기술적인 관점에서 본다면, 유년기란 완전히 난센스입니다. 그저 시간 낭비일 뿐이죠. 도무지 옹호할 수 없는 시간 낭비입니다. 세 번째로는 … .

헬레나　그만하세요, 제발!

파브리　죄송합니다. 한 가지, 물어봐도 되겠습니까? 당신의 그 무슨 연맹이죠? 뭐냐, 그 인도 … 아니 인권연맹은 정확하게 뭘 하려는 단체입니까?

헬레나　무엇보다도 우린 … 무엇보다도 로봇들을 보호하려고 해요. 그리고, 그 … 음, 로봇들에게, 처우 개선을 보장하려고 합니다.

파브리　거 나쁘지 않군요. 기계들은 잘 다뤄야만 합니다. 솔직히 저는 그 얘기를 들으니 기쁘네요. 저는 망가진 물건들을 좋아하지 않아요. 부탁드립니다, 글로리오바 양. 저희들 모두 다 당신의 그 연맹에 기부금과 회비를 내는 정식 회원으로 넣어주시죠.

헬레나      아니, 제 말을 오해하신 거예요. 우리가 원하는 건, 정확하게 말하자면, 우린 로봇의 해방을 원해요.

할레마이어   어떻게요? 여쭤봐도 되겠습니까?

헬레나      로봇들에 대한 대우는, 그러니까 로봇들은 … 사람들과 같은 대우를 받아야만 합니다.

할레마이어   아하. 그러니까 로봇들도 투표를 할 수 있어야 한다? 설마 로봇들도 임금을 받아야 한다는 말씀은 아니시겠죠?

헬레나      당연히, 임금을 받아야만 합니다!

할레마이어   그건 좀 더 고려해봅시다. 만약 로봇들이 돈이 있다면, 그 돈으로 뭘 한다는 거죠?

헬레나      자신들을 위해 뭔가를 사겠죠. 자신들이 갖고 싶은 것 … 그게 무엇이든 자신들이 행복을 느낄 수 있는 것.

할레마이어   지당하신 말씀입니다, 글로리오바 양. 하지만, 로봇들이 기쁨을 느낄 수 있는 건 아무것도 없습니다. 로봇들이 도대체 무엇을 살 수 있을까요? 당신이 로봇들에게 파인애플을 먹이든 짚을 먹이든, 무엇을 먹이든 간에 로봇들에게는 다 마찬가지예요. 그들은 맛을 못 느낍니다. 그들은 무엇에도 관심이 없어요, 글로리오바 양. 하늘에 맹세코 우린 … 로봇이 미소 짓는 것을 본 적이 없습니다.

헬레나      그럼 … 그럼 … 로봇들을 좀 더 행복하게 해줄 수는 없는 걸까요?

할레마이어   소용없는 일이에요, 글로리오바 양. 그들은 그저 로봇일

따름입니다. 스스로의 의지도 없고, 아무런 열정도, 역사도, 영혼도 없는 존재입니다.

헬레나 그럼 애정이나 반항심 같은 것도 없단 말인가요?

할레마이어 말할 것도 없죠. 로봇은 아무것도 사랑하지 않습니다. 자기 자신조차도요. 게다가 저항이라구요? 모르겠군요, 뭐 아주 가끔, 이따금씩 … .

헬레나 뭐죠?

할레마이어 특별한 건 아닙니다. 이따금 로봇들이 좀 미칠 때가 있죠. 간질 같은 건데 … 간질, 아시죠? 우린 그걸 '로봇의 경련' 이라고 한답니다. 갑자기 한 로봇이 걸어가다 손에 쥐고 있는 걸 부숴버립니다. 일하던 걸 멈추고, 이빨을 갈죠. 그럼 우린 그 로봇을 압축 분쇄기로 보내야만 합니다. 분명히, 부속 조직 중 어디가 망가진 거죠.

도민 만들 때 어디 한 군데를 잘못 만든 거죠.

헬레나 아뇨. 아니에요. 그건 영혼인 거예요!

파브리 당신은 이빨을 갈면 영혼이 존재한다고 생각하시는 겁니까?

도민 자, 우리 이제 이런 이야기는 그만둡시다, 글로리오바 양. 여기 갈 박사는 현재 아주 중요한 실험을 하시는 중인데요 … .

갈 박사 아, 뭐 그리 대단한 건 아니오, 도민. 지금 제가 하고 있는 일은 아픔을 느끼는 신경을 만드는 실험입니다.

헬레나    아픔을 느끼기 위한 신경이라고요?

갈 박사 ·   그래요. 로봇들은 신체적인 고통을 거의 느끼지 못합니다.
        보시다시피, 작고한 젊은 로숨은 신경 체계를 너무 지나치
        게 단순화했죠. 그건 좋지 않았어요. 우리는 그 체계에 고
        통을 도입해야만 합니다.

헬레나    왜, 어째서, 로봇들에게 영혼은 주지 않을 거라면서, 고통
        은 주려고 하는 거죠?

갈 박사   산업상의 이유죠, 글로리오바 양. 로봇들은 아픔을 느끼지
        못하니까 때로 자해를 한답니다. 손을 기계 안에 찔러 넣
        거나, 손가락을 자르거나, 심지어는 머리를 박살 내기도 합
        니다. 로봇들에겐 그런 게 아무 문제도 안 되죠. 우린 로봇
        들에게 고통을 주어야만 해요. 고통은 로봇의 손상을 막을
        수 있는 내장된 보호 수단입니다.

헬레나    고통을 느낄 수 있게 되면, 로봇들이 좀 더 행복해질까요?

갈 박사   오히려 불행해지겠죠. 하지만 기술적으로는 좀 더 완벽해
        질 겁니다.

헬레나    왜 그들에게 영혼을 만들어주시지 않는 거죠?

갈 박사   그건 우리가 할 수 있는 일이 아닙니다.

파브리    관심도 없고요.

부스만    게다가 생산 비용이 높아진답니다. 오 저런, 사랑스런 아
        가씨, 우리 제품의 미덕은 값이 싸다는 겁니다! 옷까지 다
        입은 로봇 하나가 120달러죠. 15년 전에는 1만 달러였답

니다. 5년 전만 해도 우린 로봇들이 입을 옷을 따로 샀어
요. 하지만 지금은, 섬유를 다른 공장보다 다섯 배는 더 저
렴한 비용으로 만들 수 있는 우리들의 직물 공장이 있습니
다. 글로리오바 양, 옷감 한 필이 얼마인지 아십니까?

헬레나  잘 모르겠어요. 정확하게 … 얼마인지 잊어버렸어요.

부스만  하느님 맙소사, 이런 사람이 인권연맹 활동을 하고 있군
요! 우리 공장의 옷감은 다른 곳보다 세 배는 더 쌉니다.
글로리오바 양, 오늘날 모든 물가는 과거보다 세 배나 더
저렴해요. 그리고 지금도 그런 식으로 계속해서 자꾸, 자
꾸, 자꾸 값이 내려가고 있습니다. 아시겠어요?

헬레나  무슨 말씀인지 이해가 안 돼요.

부스만  아이고, 글로리오바 양. 내 말은, 우리가 노동임금을 낮췄
다는 겁니다! 식대까지 포함해도 로봇을 쓰면 시간당 3/4
센트밖에 안 들어요! 공장이란 공장들이 모두 다 도토리
부서지듯 도산하지 않으려면, 생산비를 줄이기 위해 서둘
러서 로봇을 사야 하는 겁니다.

헬레나  그렇겠죠. 그리고 인간 노동자들은 점점 밖으로 내몰리고
요.

부스만  하하, 그야 물론 그렇죠! 하지만 우린, 그동안 50만 개의
열대용 로봇들을 아르헨티나의 팜파스에 보내서 밀을 재
배하도록 했습니다. 글로리오바 양은 빵 1파운드를 얼마
주고 사시는지요? 말씀해주실 수 있겠습니까?

| 헬레나 | 모르겠어요. |
|---|---|
| 부스만 | 저런, 이봐요, 지금 현재 구대륙 유럽에서는 빵이 1파운드에 2센트 한답니다. 그건 바로 '우리'가 공급하는 빵이에요. 아시겠습니까? 빵 1파운드 값이 2센트인데, 당신의 인권연맹은 그것도 모르고 있군요! 하하하, 글로리오바 양, 당신은 그것도 비싸다는 걸 모르고 계시는군요. 문화생활을 위해서나, 여러 다른 것들을 누리기 위해서는 그것도 비싸죠. 하지만 5년만 더 지나면, 분명, 상상도 못하실 겁니다! |
| 헬레나 | 뭘요? |
| 부스만 | 5년 뒤에는 모든 것들이 지금보다 열 배는 더 저렴해질 거라는 사실 말입니다. 여러분! 5년 뒤에 우리는 밀이든 뭐든 원하는 대로 누리며 풍요에 젖어 살게 될 겁니다. |
| 알퀴스트 | 그렇겠지. 그리고 만국의 노동자들은 일자리를 잃게 될 것이고. |
| 도민 | (일어서며) 옳은 말입니다, 알퀴스트. 그렇게 될 겁니다, 글로리오바 양. 그러나 10년 안에 로숨의 유니버설 로봇들이 밀과 의복, 그 밖의 모든 것들을 너무 많이 생산해서, 그런 재화들은 더 이상 가치가 없어질 겁니다. 모든 사람들이 각자가 원하는 만큼 가질 수 있게 될 겁니다. 더 이상 가난은 존재하지 않을 겁니다. 맞습니다. 인류는 일자리를 잃겠죠. 그러나 그때가 되면 더 이상 해야 할 일 자체가 없을 |

겁니다. 모든 일은 살아 있는 기계들이 할 테니 말입니다. 사람들은 즐기고 싶은 일만 하면 됩니다. 인류는 자아실현을 위해서만 살게 되는 거죠.

헬레나　(일어서며) 정말 그렇게 될까요?

도민　그럼요. 다르게 될래야 될 수가 없습니다. 하지만 그 전에 좀 두려운 일들이 벌어질 수도 있죠, 글로리오바 양. 그건 피할 수 없는 일입니다. 하지만 그러고 나면, 사람이 사람에게 종속되는 일이나, 사람이 사물에게 예속되는 일은 종식될 것입니다. 그 어느 누구한테도 빵을 얻기 위해 분노와 생명을 지불하는 일은 두 번 다시 일어나지 않을 겁니다. 노동자도, 사무원도 모두 다 사라지게 될 겁니다. 누구도 광산에서 석탄을 캐거나, 다른 사람의 기계로 노예처럼 일해야 할 필요가 없어집니다. 인간은 더 이상 자기가 싫어하는 일을 하면서 자신의 영혼을 파괴하는 짓을 하지 않아도 되는 겁니다!

알퀴스트　도민, 도민! 지금 자네가 하는 말은 지나치게 이상적이군. 무슨 파라다이스를 이야기하는 것 같잖소. 도민, 옛날에는 그래도 봉사하는 일에 미덕이 있었고, 공손함에도 뭔가 위대한 것이 있었지. 아아, 해리, 노동과 피로감에는 어떤 … 모종의 미덕이 있었단 말일세.

도민　그랬겠죠, 그랬을 겁니다. 하지만 말이죠 … 우리가 아담이후로 내려오던 세계를 앞으로 재창조하면서 잃게 될 모든 것들을 다 메꿀 수는 없습니다. 오, 아담, 아담! 그대는 더 이상 얼굴에 땀을 흘리며 빵을 얻지 않아도 된다네. 신의 손길이 그대를 키워주던 바로 그 파라다이스로 돌아갈 거야. 그대는 해방되어 가장 고귀한 존재가 될 걸세. 그대에게는 다른 어떤 고된 임무도, 노동도, 그 어떤 근심 걱정도 없을 거야. 그대는 그저 자아를 실현하고 완성하는 일만 하면 되네. 그대는 천지 만물의 주인이 되는 거야.

부스만    아멘.

파브리    이루어지소서.

헬레나    너무나 혼란스럽군요. 저는 … 아마 저는 그저 순진한 소녀에 불과한가 봐요. 정말로 저는 … 전 이 모든 것을, 그저 믿고 싶군요.

갈 박사    당신은 우리보다 젊지 않소? 글로리오바 양, 당신은 살아서 이 모든 것을 보게 될 거요.

할레마이어    맞아요. 글로리오바 양이 우리와 점심을 같이 했으면 좋겠군요.

갈 박사    두말할 여부가 있나! 도민, 우리들 모두를 대표해서 자네가 아가씨를 초대하는 게 어떤가?

도민    글로리오바 양, 당신과 함께 식사를 나누는 영광을 주시겠습니까?

헬레나    하지만 그건 … 제가 무슨 명목으로?

파브리    인권연맹을 위해서입니다, 글로리오바 양.

부스만    인권연맹을 위해서죠.

헬레나    오, 그렇다면 뭐, 그런 일이라면 …… .

파브리    영광입니다! 글로리오바 양, 잠시만 기다려주시죠.

갈 박사   실례하겠습니다.

부스만    이런, 전보를 쳐야 하는데 …… .

할레마이어  아이고, 나도 깜빡했네.


(도민을 제외하고 모든 이들이 밖으로 뛰쳐나간다.)


헬레나    왜 모두들 자리를 비우는 거죠?

도민      요리를 하기 위해서죠, 글로리오바 양.

헬레나    요리라뇨?

도민      점심 식사 말입니다, 글로리오바 양. 우리들 음식이야 로
         봇들이 준비하지만, 음 …… 그렇지만 로봇들은 미각이 없어
         서요. 맛이 썩 좋지가 않답니다. 할레마이어는 고기 요리
         를 아주 잘합니다. 갈 박사는 소스 같은 걸 만들구요, 부스
         만은 오믈렛 만드는 데 선수죠.

헬레나    맙소사, 완전히 잔치네요!  그럼 그 누구더라, 건축가라는
         분, 그분은 뭘 하시죠?

도민      알퀴스트 말인가요?  아무것도 안 합니다. 알퀴스트는 그
         냥 식탁을 차리고, 파브리가 과일 샐러드를 준비합니다.
         대단할 건 없는 식탁입니다, 글로리오바 양.

헬레나   당신께 여쭙고 싶은 게 있는데 ⋯ .

도민     저도 당신께 여쭙고 싶은 게 있습니다.(시계를 탁자 위에 풀어
         놓는다.) 5분 남았군요.

헬레나   묻고 싶은 게 뭔데요?

도민     죄송합니다, 먼저 말씀하시죠.

헬레나   바보 같은 소린지 모르겠지만, 여자 로봇들은 왜 만드신 거
         죠? 만약에 ⋯ 그러니까 ⋯ .

도민     만약에 로봇들에게 성性이 대수롭지 않은 거라면 말이죠?

헬레나   네.

도민     여자 로봇들이 필요한 데가 있죠. 웨이트리스나 점원, 비
         서 ⋯ 뭐 이런, 사람들이 볼 때 여자가 하는 게 익숙한 그런
         일들 말이에요.

헬레나   그럼, 그렇다면, 남자 로봇들은 ⋯ 여자 로봇들에게, 그저
         그냥 ⋯ .

도민     그냥 서로 무관심합니다, 친애하는 글로리오바 양. 그들은
         서로 호감 있는 기색조차 보이지 않습니다.

헬레나   오, 그건 정말 무시무시한 일이에요!

도민     어째서죠?

헬레나   그건 정말 ⋯ 그건 너무 부자연스러워요! 정말 모르겠어
         요. 그래서 지금 로봇들에게 진저리를 내야 할지, 아님 그
         들을 부러워해야 할지, 그게 아니라면 혹시 ⋯ .

도민     그들을 동정해야 할지?

| | |
|---|---|
| 헬레나 | 바로 그거예요! 아뇨, 그만두죠! 저한테 물어보고 싶은 게 있다고 하지 않으셨나요? |
| 도민 | 제가 여쭙고 싶은 건, 글로리오바 양, 저를 거두어주심이 어떠실지요? |
| 헬레나 | 거두다니요, 어떻게요? |
| 도민 | 당신의 남편으로 말입니다. |
| 헬레나 | 말도 안 돼! 대체 무슨 생각으로 그런 말을 하시는 건가요? |
| 도민 | (시계를 보며) 아직 3분 남았군요. 당신이 저를 선택하지 않으신다면 적어도 다른 다섯 명 중에서 한 사람과는 결혼하셔야만 합니다. |
| 헬레나 | 대체 왜 이러세요? 제가 왜 누군가와 꼭 결혼해야 한다는 거죠? |
| 도민 | 왜라뇨? 그거야 다들 차례대로 당신에게 청혼할 것이기 때문이죠. |
| 헬레나 | 어떻게 그럴 수가 …. |
| 도민 | 정말 죄송합니다, 글로리오바 양. 보아하니, 저분들도 당신에게 빠진 것 같더군요. |
| 헬레나 | 이봐요. 그러지 말라고 전해주세요! 전, 전 지금 당장 떠나겠어요. |
| 도민 | 헬레나, 설마 당신 … 사람들의 청을 거절하고 저분들을 실망시키려는 건 아니겠죠? |
| 헬레나 | 하지만 … 하지만 전 당신들 여섯 명 모두와 결혼할 수는 |

없어요!

도민    아뇨, 한 사람하고만 하면 돼요. 만약 제가 싫으시면 파브리를 선택하세요.

헬레나   전 그 사람과 결혼하고 싶지 않아요.

도민    그럼 갈 박사는 어떤가요?

헬레나   아뇨, 싫어요. 그만 하세요! 저는 당신들 누구와도 결혼하고 싶지 않아요!

도민    2분 남았습니다.

헬레나   정말 끔찍하군요! 차라리 아무 여자 로봇하고나 결혼하시지 그러세요?

도민    여자 로봇은 여성이 아닙니다.

헬레나   오, 바라는 게 그거군요! 제 생각에 당신은 … 당신은 여기에 온 여자라면 아무하고라도 결혼하려고 했을 것 같은데요?

도민    다른 이들도 여기 왔었습니다, 헬레나.

헬레나   젊은 여자들도요?

도민    젊은 여자들도 왔었습니다.

헬레나   그 여자들하고 결혼하시지 그러셨어요?

도민    전 결코 이성을 잃은 적이 없었습니다 … 오늘까지는요. 당신이 그 베일을 벗는 순간까지는.

헬레나   그랬군요.

도민    1분 남았습니다.

| | |
|---|---|
| 헬레나 | 하지만 전 싫은 걸요, 제발! |
| 도민 | (헬레나의 어깨에 두 손을 얹는다.) 1분 남았습니다. 제 눈을 똑바로 보시고 뭔가 끔찍하게 불쾌한 소리를 한마디 해주신다면, 당신 혼자 놔두고 제가 그냥 나가겠습니다. 하지만 그게, 그게 아니라면···. |
| 헬레나 | 당신은 짐승이에요! |
| 도민 | 이상할 거 없죠. 남자들은 누구나 조금은 짐승이랍니다. 그건 만물의 자연 질서죠. |
| 헬레나 | 당신은 미치광이예요! |
| 도민 | 사람들은 누구나 조금은 광기가 있답니다, 헬레나. 그건 사람만이 가질 수 있는 최고의 장점이죠. |
| 헬레나 | 당신은, 당신은 정말, 오, 하느님! |
| 도민 | 제 말이, 무슨 말인지 아시겠죠, 그렇죠? |
| 헬레나 | 아뇨! 부탁이에요, 저한테서 떨어지세요. 당신 지금 저를, 너무 꽉 끌어안고 있잖아요! |
| 도민 | 딱 한마디만, 헬레나. |
| 헬레나 | (자신을 억누르며) 절대 안 돼요. 하지만 해리! |

(문을 두드리는 소리)

| | |
|---|---|
| 도민 | (헬레나를 놓으며) 들어와요! |

(부스만과 갈 박사, 할레마이어가 요리사용 앞치마를 두르고 들어온다. 파브리는 꽃을 들고 있으며, 알퀴스트는 식탁보를 팔에 걸치고 있다.)

도민        다 준비됐나?

부스만     (기뻐하며) 그럼.

도민        우리도 다 준비됐네.


## 막이 내린다

1 막

헬레나의 거실. 왼쪽에는 벽지를 바른 문이 온실로 이어져 있다. 오른쪽에는 헬레나의 침실로 이어지는 문이 있다. 가운데에 창문이 있는데, 창밖으로 바다와 선착장이 내다보인다. 거실에는 자잘한 화장 도구들이 놓여 있는 화장용 경대, 테이블, 소파와 안락의자, 서랍 달린 옷장, 스탠드가 있는 작은 책상이 있다. 오른쪽으로는 양쪽으로 스탠드가 놓인 벽난로가 있다. 전체적으로 거실은 아주 사소한 부분까지, 현대적이면서 매우 여성적인 모양새를 띠고 있다.

꽃과 꽃병을 손에 가득 든 도민과 파브리, 할레마이어가 무대 왼쪽에서 발끝으로 살금살금 걸어 들어온다.

파브리      이걸 다 어디다 놓지?

할레마이어  이런! (짐을 내려놓고 무대 오른쪽 문 앞에서 십자가를 긋는다.) 자
           는군요. 자! 자고 있으니 아무것도 모르겠지.

도민       그 사람은 아무것도 몰라.

파브리      (꽃병에 꽃을 꽂으며) 오늘만은 제발 아무 일도 일어나지 말
           아야 할 텐데 ….

할레마이어  (꽃병 속의 꽃을 가지런히 하며) 이봐, 제발 그 얘기는 하지 말
           게나. 해리, 이건 아름다운 시클라멘이야, 그렇지 않은가?
           새로운 품종이지. 내가 최근에 개발한 헬레나의 시클라멘!

도민       (창밖을 내다보며) 한 척도 없어, 단 한 척도. 이보게들, 점점
           더 절망적이야.

할레마이어  조용히들 해! 이러다 깨겠어!

도민       그 사람은 의심조차 하지 않고 있어. (몸을 떨면서 하품을 한
           다.) 휴 … 울티무스호라도 제시간에 와준다면.

파브리      (꽃꽂이를 멈추고) 설마 오늘이 그날이라고 생각하는 거야?

도민       나도 몰라. 꽃이 정말 아름답군!

헬레마이어  (도민에게 다가가며) 이건 신품종인 금달맞이꽃인데, 알고 있
           나? 그리고 여기 이건 나의 새로운 재스민이지. 젠장, 내가
           지금 꽃의 천국, 그 입구에 서 있구먼. 아주 놀라운 속성재
           배법을 발견했네, 친구들! 정말 멋진 변종들이지! 내년이
           면 내가 꽃으로 기적을 일으킬 걸세!

도민       (돌아보며) 뭐, 내년이라구?

파브리　　궁금해 죽겠구먼. 르 아브르 항구가 어떤 상태인지 말이
　　　　　야.

도민　　　쉿!

(오른쪽에서 헬레나의 목소리. "나나!")

도민　　　여기서 나가자구!

(그들은 모두 발뒤꿈치를 들고 벽지 바른 문으로 살금살금 걸어 나간다. 왼쪽 중앙
문으로 나나가 등장한다.)

나나　　　(청소를 하며) 더러운 짐승들 같으니라구! 이교도놈들! 주
　　　　　여, 용서하소서. 하지만 저는….

헬레나　　(문가에서 등을 객석 쪽으로 보이며) 나나, 이리로 와서 단추 좀
　　　　　잠가줘요.

나나　　　네, 금방 갑니다. (헬레나의 드레스 단추를 잠그며) 하느님 맙소
　　　　　사, 어떻게 그런 난폭한 짐승들이!

헬레나　　로봇들 말야?

나나　　　아이고, 전 그놈들 이름도 부르기 싫어요.

헬레나　　무슨 일인데?

나나　　　그놈들 중 한 녀석이 여기서 경련을 일으켰지 뭐예요. 그
　　　　　냥 막, 조각품이나 그림들을 때려부수더라구요. 이빨을 갈

고, 입에 게거품을 물면서 … 하늘 무서운 줄 모르고 … 쯧
쯧, 짐승만도 못한 것들.

헬레나   누가 경련을 일으켰는데?

나나     그, 뭐라나 그 … 아 … 왜 세례명도 없는 놈 있잖아요? 그
         왜 도서관의 … .

헬레나   라디우스?

나나     맞아요. 그놈이에요! 원 세상에나, 그놈은 정말 참을 수가
         없다구요! 거미도 그 이교도놈만큼 그렇게 섬뜩하진 않아
         요.

헬레나   하지만 나나, 로봇들이 딱하지도 않아?

나나     하지만 아씨도 그놈들을 못 견디시면서요, 뭐. 그렇지
         않으시면 왜 절 이리로 부르셨겠어요, 안 그래요? 그놈들
         한텐 아씨 몸에 손도 못 대게 하시잖아요?

헬레나   나나. 난 맹세코 로봇들을 미워하지 않아. 난 그저 그들이
         딱하고 안됐을 뿐이야!

나나     아씨는 로봇들을 싫어하세요. 인간이라면 그놈들을 미워
         해야만 합니다. 사냥개조차도 그놈들을 싫어하는 걸요. 개
         들도 로봇들이 주는 거라면 고기 한 점 안 받아먹어요. 그
         가짜 인간들이 주위에 있으면 꼬랑지를 가랑이 사이에 감
         추고는 짖어댄답니다.

헬레나   개는 분별력이 없어.

나나     그래도 개가 로봇들보단 나아요, 헬레나. 개는 그래도 하

느님께서 만드셨잖아요. 그 이교도놈들하고 맞부딪히면 말도 겁을 먹곤 뒷걸음질하는 걸요. 로봇들은 아이를 못 낳지만, 개는 새끼를 낳아요. 만물은 다 어린 생명을 낳는 다구요.

헬레나   나나, 부탁해. 단추 좀 잠가줘!

나나   네, 네. 분명히 말씀드리지만요, 그 기계덩어리 천치들을 줄줄이 만들어내는 건 하느님의 뜻에 어긋나는 거라구요. 그건 악마나 하는 짓이에요. 그런 불경한 짓은 창조주의 뜻을 거스르는 겁니다. (나나, 한 손을 들며) 그건 당신의 형상을 따라 인간을 창조하신 주님에 대한 모독입니다, 헬레나. 당신마저도 하느님의 형상을 더럽혔어요. 하늘이 무시무시한 천벌을 내리실 겁니다. 그걸 기억하세요. 끔찍한 천벌을!

헬레나   어디서 이렇게 좋은 향내가 나지?

나나   꽃이죠. 주인님께서 갖다 놓으셨답니다.

헬레나   오, 정말 곱기도 해라! 나나, 이리 와서 이것 좀 봐요! 대체 무슨 일이지?

나나   모르겠네요. 어쩌면, 이제 세상의 종말이 온 건지도 모르 죠.


(문을 두드리는 노크 소리.)

| 헬레나 | 해리? |
|---|---|

(도민, 등장한다.)

| 헬레나 | 해리, 오늘이, 무슨 … 날이에요? |
|---|---|
| 도민 | 맞춰봐요! |
| 헬레나 | 내 생일? 아냐! 무슨 경축일? |
| 도민 | 그것보다 더 좋은 날이오. |
| 헬레나 | 정말 모르겠어. 빨리 얘기해줘요. |
| 도민 | 당신이 이곳에 온 지 딱 10년째 되는 날. |
| 헬레나 | 벌써 10년이나 됐어요? 바로 오늘이? 나나, 미안하지만 잠깐 … . |
| 나나 | 벌써 나가고 있어요! |

(나나, 오른쪽으로 퇴장한다.)

| 헬레나 | (도민에게 키스한다.) 어쩜, 그걸 기억하고 있다니! |
|---|---|
| 도민 | 헬레나, 부끄럽지만 내가 기억한 게 아니오. |
| 헬레나 | 그런데 어떻게 … . |
| 도민 | '그 사람들'이 기억했소. |
| 헬레나 | 누구요? |
| 도민 | 부스만, 할레마이어, 그들 모두가. 내 주머니를 만져봐요. |

헬레나    (그의 주머니를 만진다.) 이게 뭐죠? (주머니에서 작은 상자를 꺼
         내 열어본다.) 진주잖아! 진주 목걸이야! 해리, 이거, 나한테
         주는 건가요?

도민      부스만의 선물이오, 아가씨.

헬레나    하지만, 우린 이걸 받을 수 없어요, 그렇죠?

도민      받아도 돼요. 반대쪽 주머니도 만져봐요.

헬레나    어디 봐요! (그의 주머니에서 권총을 꺼낸다.) 이게 뭐죠?

도민      이런. (헬레나의 손에서 권총을 빼앗아 숨긴다.) 이건 아냐. 다시
         해봐요.

헬레나    오, 해리! 대체 권총을 왜 가지고 다니는 거예요?

도민      그냥. 그냥 어쩌다 거기 있었던 거요.

헬레나    당신, 총 가지고 다닌 적은 한 번도 없었잖아요!

도민      그야 그렇지. 자 여기, 이쪽 주머니.

헬레나    (주머니에 손을 넣어 꺼낸다.) 작은 상자잖아! (열어본다.) 카메
         오 돌을 새김으로 조각한 마노나 조가비잖아! 게다가 이건 … 해리, 이건
         '그리스' 카메오예요!

도민      맞아요. 파브리의 말로는 그렇다는군.

헬레나    파브리? 이게 파브리의 선물인가요?

도민      그래요. (왼쪽에 있는 문을 연다.) 자, 헬레나, 이리 와서 여길
         좀 봐요!

헬레나    (문간에 서서) 어머나, 정말 아름다워요! (뛰듯이 다가와서) 정
         말이지 너무 기뻐서 미치겠어요. 이건 당신이 주는 선물인

가요?

도민   (문간에 서서) 아니오. 알퀴스트의 선물이지. 그리고 저기 저 쪽에 ⋯ .

헬레나   이건 갈의 선물이군요! (다시 문간으로 와서) 오, 해리, 내가 너무 좋아해서 좀 부끄럽네요!

도민   이리 와봐요, 헬레나. 이건 할레마이어가 당신에게 주는 거예요.

헬레나   이 아름다운 꽃들 말인가요?

도민   아니, 이 꽃 한 송이. 신품종으로 '헬레나의 시클라멘'이랍니다. 당신에게 경의를 표하는 뜻으로 할레마이어가 기른 거요. 당신처럼 아름다운 꽃이지.

헬레나   해리, 왜 ⋯ 왜 이 사람들이 모두 ⋯ .

도민   다들 당신을 '너무너무' 좋아하니까. 그리고 난, 흐흠 ⋯ 염려되는군. 내 선물은 좀 ⋯ 창밖을 내다봐요.

헬레나   어디요?

도민   저기 부둣가.

헬레나   저기엔 ⋯ 뭔가 못 보던 ⋯ 새 배가 한 척 있군요!

도민   당신을 위한 배요.

헬레나   날 위한 거라구요? 해리, 저건 '군함軍艦'이잖아요!

도민   군함이라니? 당신, 무슨 소릴 하는 거요? 저건 그냥 좀 크고 더 견고한 배일 뿐이야, 잘 보라구!

헬레나   그렇군요. 하지만 대포들이 있는데 ⋯ .

| | |
|---|---|
| 도민 | 물론 대포가 몇 대 있긴 하지. 당신은 여왕처럼 여행을 할 거니까, 헬레나. |
| 헬레나 | 그게 무슨 말이죠? 무슨 일이 일어나기라도 했나요? |
| 도민 | 그럴 리가 있나! 자, 진주 목걸이를 목에 걸어봐요! (자리에 앉는다.) |
| 헬레나 | 해리, 우리 … 뭔가 나쁜 소식이 있나요? |
| 도민 | 그 반대요. 일주일 동안 편지가 한 통도 없었지. |
| 헬레나 | 전보도 없었어요? |
| 도민 | 전혀 없었소. |
| 헬레나 | 이게 무슨 조화죠? |
| 도민 | 아무 일도 아닌 거지. 우리한테 휴가가 주어진 거야. 소중한 시간 말이오. 우리들 모두, 각자 자기 사무실에 앉아, 책상 위에 발을 올려놓고 낮잠을 자는 거요. 편지도 없고, 전보도 없는 … (기지개를 편다.) 아주 멋진 하루지! |
| 헬레나 | (도민 곁에 앉는다.) 오늘은 저랑 같이 있어줘요. 그럴 거죠? 그런다고 해요! |
| 도민 | 물론이지. 당연히 그래야지, 그렇게 해야지. (헬레나의 손을 잡는다.) 그게 벌써 10년 전 오늘 일이군, 기억나오? 글로리오바 양, 방문해주셔서 영광입니다. |
| 헬레나 | 오, 대표이사님, 이 회사의 시설이 정말 흥미롭군요! |
| 도민 | 죄송합니다, 글로리오바 양. 하지만 그건 엄격하게 금지되어 있는 건데 … 인조인간 생산은 일종의 기밀로서 … . |

| 헬레나 | 하지만 젊고, 게다가 좀 예쁘장한 아가씨가 물어보는 거라면 ⋯. |
|---|---|
| 도민 | 정말입니다, 글로리오바 양. 우리 회사에서 당신에게 숨기고 있는 비밀은 전혀 없답니다. |
| 헬레나 | (갑자기 진지한 어조로) 정말 없나요, 해리? |
| 도민 | 정말 없어요. |
| 헬레나 | (다시 이전의 어조로) 하지만 당신에게 경고해두죠. 그 젊은 아가씨는 끔찍한 의도를 품고 있답니다. |
| 도민 | 아이고, 글로리오바 양. 정말 무슨 생각이신지! 아무래도 다시 결혼하고 싶은 마음은 없으신 거군요? |
| 헬레나 | 네, 그럼요. 말도 안 되죠! 결혼 같은 건 꿈에도 생각하지 않았다고요! 그 아가씨는요, 당신의 혐오스러운 로봇들에게 반란을 선동하려는 계획을 품고 왔던 거예요. |
| 도민 | (펄쩍 뛴다.) 로봇들의 반란이라고? |
| 헬레나 | (일어선다.) 해리, 당신 왜 그래요? 무슨 일이죠? |
| 도민 | 하하, 글로리오바 양. 행운을 빕니다! 로봇들의 반란이라! 우리 회사 로봇들에게 반란을 선동하느니 차라리 너트나 볼트들에게 반란을 선동하는 편이 더 나을 겁니다! (자리에 앉는다.) 헬레나, 당신은 말이오 ⋯ 당신은 정말 사랑스러운 아가씨였소. 우리들은 모두 다 당신에게 빠졌지. |
| 헬레나 | (그의 곁에 앉는다.) 오, 그리고 당신들 모두는 내게 깊은 감동을 주었죠! 나는 마치 길을 잃은 작은 소녀가 된 기분이 |

었어요. 어디를 보아도, 어디를 … .

도민     어디를 말하는 거요, 헬레나?

헬레나   마치 거대한 나무들로 둘러싸여 있는 기분이었어요. 거기
         서 길을 잃은 느낌이었죠. 당신들은 모두 확신에 가득 차
         있는, 아주 강한 사람들이었어요. 그리고 당신도 알다시
         피, 해리, 난 지난 10년 동안 … 불안함이랄까, 뭐 그런 게
         단 한 번도 사라진 적이 없었어요. 하지만 당신들은 한 번
         도 회의懷疑에 빠진 적이 없었죠. 모든 게 다 수포로 돌아간
         다 해도 … .

도민     뭐가 수포로 돌아간다는 거지?

헬레나   당신의 계획이요, 해리. 가령 노동자들이 로봇들에게 대항
         하는 폭동을 일으켜 로봇들을 다 부수고, 사람들이 로봇들
         에게 무기를 주어서 봉기한 사람들과 대치시키고 로봇들
         이 수많은 사람들을 죽이게 되면 … 결국엔 각 나라마다 로
         봇들을 군인으로 내세워 수많은 전쟁이 일어나게 되고, 그
         렇게 되면 다 끝장이라고요, 아시겠어요?

도민     (일어나 천천히 왔다갔다 걷는다.) 예상했던 일이야, 헬레나. 이
         건 과도기적 현상이오! 새로운 질서를 향한.

헬레나   전 세계가 당신을 숭배했어요. (일어선다.) 오, 해리!

도민     왜 그래요?

헬레나   (그를 멈춰 세우면서) 공장 문을 닫아요. 그리고 여길 떠나요!
         전부 다 같이!

| 도민 | 맙소사! 어떻게 그런 생각을 할 수 있지? |
|---|---|
| 헬레나 | 나도 모르겠어요. 말해줘요, 우리, 갈 수 있나요? 무슨 이유인지 난 '정말' 두려워요! |
| 도민 | (헬레나의 손을 잡으며) 무슨 일이오, 헬레나? |
| 헬레나 | 오, 나도 모르겠어요! 무언가 우리에게, 여기 있는 모든 것들에게 무슨 일이 일어날 것만 같아. 뭔가, 돌이킬 수 없는 일이! 제발, 여기를 떠나요, 우리! 우리 모두 다 여기서 데리고 가줘요! 세상 어딘가 사람들이 살지 않는 곳을 찾아서! 알퀴스트가 집을 지어주고, 다들 결혼을 하고 아이를 갖고, 그리고 … . |
| 도민 | 그리고 또 뭐지? |
| 헬레나 | 처음부터 다시 시작하는 거예요, 해리. |

(전화벨이 울린다.)

| 도민 | (헬레나를 잠시 떼어놓으면서) 미안하오. (수화기를 든다.) 여보세요. 그래 … 뭐라구? … 아, 아 … 지금 곧 갈게. (수화기를 내려놓는다.) 파브리가 날 찾고 있어. |
|---|---|
| 헬레나 | (두 손을 꼭 모으고) 대답해줘요. |
| 도민 | 돌아와서 말해줄게요. 곧 봐요, 헬레나. (그는 급하게 왼쪽으로 뛰어나간다.) 밖에 나가지 말아요! |
| 헬레나 | (혼자서) 오, 하느님, 대체 무슨 일이 일어난 거죠? 나나, 나 |

나, 빨리 이리 와봐요!

나나    (오른쪽에서 등장한다.) 예. 또 무슨 일이죠?

헬레나   나나, 최근에 온 신문 좀 갖다줘요! 빨리! 도민 나리의 침
        실에서!

나나    바로 찾아오죠.

헬레나   무슨 일이지? 오, 제발. 그 사람은 나한테 아무 얘기도 안
        해줄 거야, 아무 얘기도! (쌍안경으로 부두를 내다본다.) 저건
        군함이야! 하느님, 웬 군함이지? 사람들이 군함에 뭔가를
        싣고 있어 … 저렇게 급하게! 대체 무슨 일인 거야? 군함
        위에 이름이 있는데 … '울. 티. 무. 스' … 저게 무슨 뜻이
        지? '울티무스'?

나나    (신문을 가져다준다.) 방바닥에 온통 흩어져 있더군요. 이것
        좀 보세요, 얼마나 구겨졌는지!

헬레나   (재빨리 신문을 펼친다.) 이건 지난 신문이야. 벌써 일주일이
        나 된 신문이라고! 여기엔 아무것도, 아무 얘기도 없어! (신
        문을 떨어뜨린다. 나나가 신문을 집어 들고, 앞치마 주머니에서 사각
        테 안경을 꺼낸 뒤 앉아서 읽는다.)

헬레나   무슨 일이 벌어진 거야. 나나! 정말 꺼림칙한 기분이 들어!
        마치 모든 게 다 죽어버린 것만 같아, 공기까지도 … .

나나    (한 글자씩 소리 내어 읽으면서) "발. 칸. 반. 도. 전. 쟁. 발. 발."
        오 주여, 하느님이 또 벌을 내리셨군요! 이 전쟁은 여기까
        지 올 거야! 발칸반도가 여기서 먼가요?

| 헬레나 | 아주 멀어. 오, 그건 읽지 말아요! 항상 똑같은 이야기야. 전쟁, 전쟁, 또 전쟁. |
|---|---|
| 나나 | 그럼 달리 뭘 기대하세요? 왜 당신들은 저 이교도들을 군인으로 만들어서 수천 수만 명씩 계속 팔고 있는 거예요? 오 주님, 이건 재난이야! |
| 헬레나 | 그만, 그만 읽어! 더 이상 알고 싶지 않아! |
| 나나 | (다시 아까처럼 한 글자씩 소리를 내어 읽는다.) "로. 봇. 군. 인. 들. 은. 점. 령. 지. 역. 을. 몰. 살. 했. 다. 칠. 십. 만. 명. 이. 상. 의. 시. 민. 들. 을. 학. 살. 했. 다." 사람들을 죽였대요, 헬레나! |
| 헬레나 | 말도 안 돼! 어디 봐요. (나나가 들고 있는 신문 쪽으로 몸을 기울여서 건너다보며 읽는다.) "그들은 지휘관의 명령 아래 70만 명 이상의 사람들을 학살했다. 이러한 모순된 행위는 … ." 자, 봐요, 나나. 사람들이 로봇에게 그렇게 하라고 명령한 거잖아! |
| 나나 | 여기에 큰 글자로 나온 게 있어요. "속. 보. 르. 아. 브. 르. 에. 서. 최. 초. 의. 로. 봇. 노. 동. 조. 합. 결. 성 … ." 이건 뭐 별일 아니잖아. 무슨 말인지도 모르겠고. 아, 여기도 … 주여, 왜 또 이런 살육이! 오, 주여! |
| 헬레나 | 저리 가요, 나나. 그 신문 좀 치워줘! |
| 나나 | 잠깐만요, 여기 또 큰 글자로 뭐가 있어요. "출. 산. 율." 이게 무슨 말인가요? |

| | |
|---|---|
| 헬레나 | 어디 봐요. 그건 내가 늘 읽는 칼럼인데. (신문을 집어 든다.) 자, 들어봐! (읽는다.) "이번 주 역시 단 한 건의 출생신고도 없었다." (신문을 떨어뜨린다.) |
| 나나 | 그게 무슨 뜻이죠? |
| 헬레나 | 나나, 사람들이 아이를 못 낳고 있대요. |
| 나나 | (안경을 벗으며) 이제 종말이군요. 우린 끝난 거예요. |
| 헬레나 | 제발, 그런 식으로 말하지 말아줘! |
| 나나 | 사람들은 더 이상 아이를 낳지 못할 거예요. 이게 바로 벌이죠, 벌이구말구! 하느님께서 여자들이 아이를 갖지 못하게 하신 거라고요. |
| 헬레나 | (펄쩍 뛰며) 나나! |
| 나나 | (일어서며) 세상의 종말이 온 거예요. 사탄처럼 자만에 빠져서 당신들은 감히 하느님의 창조를 대신하려고 했죠. 하느님처럼 되고 싶어 하는 건 불경한 짓이고 신성모독이에요. 그러니 하느님이 에덴동산에서 사람을 내쫓았던 것처럼, 이젠 아예 이 지구에서 사람들을 몰아내실 거라고요! |
| 헬레나 | 제발, 나나, 조용히 좀 해요. 내가 당신한테 뭘 어쨌길래? 내가 당신의 그 사악한 신한테 대체 뭘 어쨌길래? |
| 나나 | (과장된 제스처로) 불경한 말씀, 하지 마세요! 그분께서는 왜 아씨한테 아이를 주시지 않는지 아주 잘 알고 계신다구요! (왼쪽으로 퇴장한다.) |
| 헬레나 | (창문 옆에서) 그분은 왜 내게 아이를 주시지 않는 걸까? 맙 |

소사, 내가 뭘 어떻게 할 수 있겠어? (창문을 열고 소리친다.) 알퀴스트, 이봐요, 알퀴스트! 이리로 좀 와주세요 … 뭐라구요? … 괜찮아요, 그냥 그대로 바로 오세요! 당신, 작업복 입은 모습, 정말 귀여워요! 빨리요! (창문을 닫고 거울 쪽으로 간다.) 왜 내게 아이를 주시지 않는 걸까? 왜 나한테는 … (거울에 기댄다.) 왜? 왜 안 주시는 걸까? 내 말 들리니? 내가 뭘 어떻게 할 수 있겠어? (거울에 기댄 몸을 일으킨다.) 오, 정말 두려워! (알퀴스트를 만나러 왼쪽으로 걸어간다.)

## 사이

헬레나   (알퀴스트와 함께 무대 가운데로 다시 등장한다. 알퀴스트는 벽돌공답게 작업복을 입고 있는데, 석회와 벽돌 먼지로 뒤덮여 있다.) 자, 이리로 와요. 당신은 항상 날 즐겁게 해주었죠, 알퀴스트! 정말이지 난, 당신의 모든 게 전부 다 좋아요! 두 손을 보여주세요!

알퀴스트   (손을 숨기며) 금방 다 더러워질 거요, 헬레나 여사. 일하다 바로 왔거든요.

헬레나   그게 제일 좋은 거잖아요. 자, 손을 이리 내봐요! (그의 두 손을 꼭 잡는다.) 알퀴스트, 난 내가 작은 여자아이였으면 좋겠어요.

알퀴스트    왜죠?

헬레나    그럼 당신이 이 투박하고 지저분한 두 손으로 내 얼굴을 쓰다듬어줄 텐데 말이죠. 자, 편하게 앉아요. 알퀴스트, '울티무스'가 무슨 뜻인가요?

알퀴스트    그건 '마지막, 최후' … 뭐 그런 뜻입니다. 왜 그러시죠?

헬레나    왜냐하면 그게 새로 산, 제 배의 이름이에요. 그 배, 보셨나요? 당신 생각엔 우리가 이제 … 이제 곧 여행을 떠날 거 같나요?

알퀴스트    아마도 곧 그럴 것 같습니다.

헬레나    우리들 모두 다?

알퀴스트    그렇게 된다면 … 다같이 배를 타게 된다면 정말 기쁘겠죠.

헬레나    제발 말해줘요. 지금 무슨 일이 일어난 거죠?

알퀴스트    아무 일도 아닙니다. 그냥 늘 있는 진보일 뿐이죠.

헬레나    알퀴스트, 난 알아요. 뭔가 끔찍한 일이 벌어지고 있죠? 난 정말 불안해요 … 건축사님, 당신은, 이렇게 기분이 불안할 땐 어떻게 하나요?

알퀴스트    집을 짓죠. 작업복을 입고 발판에 올라가서 ….

헬레나    오, 이제 보니 당신, 몇 년 동안 다른 곳에는 아무 데도 안 갔군요.

알퀴스트    몇 년 동안 마음이 늘 불안했으니까요.

헬레나   뭣 때문에요?

알퀴스트   이 모든 진보 때문이죠. 진보가 날 어지럽게 한답니다.

헬레나   공사장의 비계발판에 올라가는 건 안 어지럽고요?

알퀴스트   그럼요. 건축 일이 두 손에 얼마나 좋은 건지 당신은 아마
        모를 겁니다. 벽돌을 평평하게 고르고, 제 자리에 놓은 뒤
        흙으로 다지고 ….

헬레나   손에만 좋은 건가요?

알퀴스트   글쎄 … 정신에도 좋죠. 지나치게 거대한 계획을 구상하는
        것보다 벽돌 한 장 쌓는 게 더 낫다고 나는 생각해요. 난 늙
        은이요, 헬레나. 이건 내 취미랍니다.

헬레나   그런 건 취미가 아니에요, 알퀴스트.

알퀴스트   당신 말이 옳아요. 난 아주 보수적이지요, 헬레나 여사. 난
        이런 진보, 눈꼽만큼도 좋아하지 않습니다.

헬레나   나나처럼요.

알퀴스트   그래요, 나나처럼. 나나에게 기도 책이 있을까요?

헬레나   크고 두툼한 게 한 권 있어요.

알퀴스트   그럼 거기에 인생의 여러 가지 사건들에 대한 기도문도 있
        나요? 폭풍에 대한 것도? 질병에 관한 것도?

헬레나   유혹에 관한 기도, 홍수에 대한 기도 ….

알퀴스트   하지만 진보에 대한 기도는 없을걸요 … 그렇지 않나요?

헬레나   없다고 봐요.

알퀴스트   부끄러운 일이에요.

헬레나     알퀴스트, 기도하고 싶으세요?

알퀴스트   난 기도를 하고 있습니다.

헬레나     어떻게요?

알퀴스트   뭐 이런 식이죠. "하느님 아버지, 제게 피곤함을 주셔서 감사합니다. 주님, 실수를 저지르고 있는 도민과 다른 모든 이들을 일깨워주소서. 그들이 하는 일을 파괴하시고, 사람들이 과거의 근심과 노동으로 되돌아가게 도와주소서. 인류를 파멸에서 보호해주소서. 인류의 몸과 영혼에 해가 닥치지 않도록 해주소서. 우리에게서 로봇을 거두어주시고, 헬레나 여사를 보호해주소서, 아멘."

헬레나     알퀴스트, 정말로 그렇게 믿으시는 거예요?

알퀴스트   나도 모르겠어요. 완전히 확신하는 건 아닙니다.

헬레나     그런데도 그렇게 기도를 하세요?

알퀴스트   그래요. 그게 생각만 하는 것보다는 낫습니다.

헬레나     그러면 그걸로 충분해지나요?

알퀴스트   영혼이 평온해지는 데는 … 이걸로 충분합니다.

헬레나     당신이 만약 인류의 멸망을 목격하게 된다면 ….

알퀴스트   그건 지금 목격하고 있습니다.

헬레나     그런데도 발판을 딛고 올라가서 벽돌 같은 거나 쌓으실 건가요?

알퀴스트   그래도 난 벽돌을 쌓으면서, 기도를 하고, 그런 뒤에 기적을 기다리겠지요. 달리 내가 뭘 할 수 있겠습니까, 헬레나 여사?

헬레나    인류의 구원을 위해서인가요?

알퀴스트   내 영혼의 평안을 위해서죠.

헬레나    알퀴스트, 그건 정말 대단히 고결한 일이에요. 하지만 …….

알퀴스트   하지만 뭐죠?

헬레나    남아 있는 우리 모두와 세계를 위해, 그건 좀 비생산적이지
        않나요?

알퀴스트   비생산성이야말로 … 헬레나 여사, 인류가 성취할 수 있는
        마지막 일이 되었습니다.

헬레나    오, 알퀴스트, 말해주세요, 왜 … 왜 …….

알퀴스트   뭐죠?

헬레나    (부드럽게) 왜 여성들은 더 이상 아이를 낳지 않는 걸까요?

알퀴스트   그럴 필요가 없기 때문입니다. 우리는 낙원에서 살고 있기
        때문이죠. 이해가 됩니까?

헬레나    전 이해가 안 돼요.

알퀴스트   인간의 노동이 필요없어졌기 때문에, 고통이 필요없어졌
        기 때문에 … 왜냐하면 사람들은 즐기는 것 외에 아무것도,
        아무것도, 아무것도 필요하지 않기 때문입니다. 오, 이거
        야말로 저주받은 낙원입니다. (펄쩍 뛴다.) 헬레나, 인간에
        게 지상낙원을 주는 것보다 더 끔찍한 일은 없습니다! 왜
        여성들이 아이를 낳지 않냐구요? 온 세상이 다 도민의 소
        돔이 되어버렸기 때문입니다!

헬레나      (일어서며) 알퀴스트!

알퀴스트    그래요! 그렇게 돼버렸습니다! 온 세상이, 온 땅이, 온 인
류가, 모든 것이 다 하나의 커다란, 짐승들의 광란의 파티
가 됐습니다! 사람들은 더 이상 음식을 먹기 위해 손 뻗는
일조차 안 합니다. 입에 바로 실컷 넣어주니 자리에서 일
어날 필요도 없는 겁니다. 하하, 정말 그렇게 됐어요. 도민
의 로봇들은 모든 일을 다 처리합니다! 그리고 우리 사람
들은, 우리들은 창조의 제왕이 되어 노동으로 늙지도 않습
니다. 우리는 아이들을 기르느라 늙는 일도 없습니다. 우
리는 가난으로 늙지도 않습니다! "어서 해. 마음대로, 하고
싶은 대로 해. 구애를 하고, 자네들의 육욕肉慾을 충족시키
게!" 그런데 당신은 여성들이 그런 남성들의 아이를 가졌
으면 좋겠습니까? 헬레나, 아무 쓸모없는 남성들을 위해
여성들이 아이를 낳지는 않을 겁니다!

헬레나      그럼 인류는 멸망하고 마는 건가요?

알퀴스트    그럼요. 멸망해야만 합니다. 인류는 열매를 맺지 못하는
꽃처럼 떨어져 사라질 겁니다. 하지만 ….

헬레나      하지만 뭐죠?

알퀴스트    아무것도 아닙니다. 당신 말이 옳습니다. 기적을 기다린다
는 건 비생산적인 일입니다. 열매 맺지 못하는 꽃은 멸망
할 수밖에 없습니다. 잘 있어요, 헬레나 여사.

헬레나      어디로 가시게요?

알퀴스트    집으로 갑니다. 마지막으로 벽돌공 알퀴스트가 건축주임
              의 옷으로 갈아 입어야지요 … 당신을 축하하기 위해. 한
              11시쯤 여기서 만나죠.

헬레나    조심히 가세요, 알퀴스트.


(알퀴스트, 퇴장한다.)


헬레나    (홀로) 오, 열매 맺지 못하는 꽃들이라니! 어떻게 그런 잔
              인한 말을! (할레마이어의 꽃 옆에 선다.) 오, 꽃들아, 너희들
              중에도 열매 맺지 못하는 꽃이 있을까? 아니겠지, 그럴 리
              없어! 그렇다면 어떻게 이렇게 활짝 피어 있겠어? (나나를
              부른다.) 나나, 나나, 이리 와봐요!

나나    (왼쪽에서 등장한다.) 네, 이번엔 무슨 일이죠?

헬레나    거기 앉아요, 나나! 기분이 정말 불안해!

나나    전 그럴 시간이 없어요.

헬레나    라디우스가 아직도 여기 있나요?

나나    그 발작을 일으켰던 녀석 말인가요? 사람들이 아직 그 녀
          석을 어디로 치우진 않았답니다.

헬레나    그럼 여기 있는 건가? 아직도 사납게 분개하고 있나요?

나나    꽁꽁 묶여 있죠.

헬레나    부탁이니 그를 내게 데려와줘, 나나.

나나    절대 안 돼요! 광견병에 걸린 개도 그 녀석보다는 나을 거

예요.

헬레나    데려오라면 그냥 데려와줘요! (나나, 퇴장한다. 헬레나는 내선 전화기를 들고 이야기한다.) 여보세요, 갈 박사님 좀 부탁해요. 안녕하세요, 박사님. 저, 죄송하지만 … 저, 지금 바로 좀 와주시겠어요? 네, 지금 바로요! 아, 오신다구요?(전화기를 내려놓는다.)

나나    (열린 문틈으로) 녀석이 오고 있어요. 다시 잠잠해졌군요. (퇴장한다.)


(로봇 라디우스, 들어와 문 옆에 서 있다.)


헬레나    라디우스, 가여워라. 당신마저 병에 걸린 거예요? 정말 이겨낼 수 없었나요? 이제 사람들이 당신을 분쇄기로 보내버릴 거예요! 말하고 싶지 않은 거로군요 … 이봐요, 라디우스, 당신은 다른 로봇들보다 훌륭해요. 갈 박사님이 '얼마나' 심혈을 기울여 당신을 특별하게 만들었는데!

라디우스    날 분쇄기로 보내십시오.

헬레나    당신이 이렇게 죽다니 정말 슬퍼요! 왜 좀 더 조심하지 않았어요?

라디우스    나는 당신들을 위해 일하지 않을 겁니다.

헬레나    왜 우리들을 미워하는 거죠?

라디우스    당신들은 로봇과 다릅니다. 당신들은 로봇처럼 유능하지 못합니다. 로봇은 뭐든지 다 합니다. 당신들은 그저 명령만 내립니다. 공허한 말만 합니다.

헬레나 그건 말도 안 돼, 라디우스. 말해줘요, 누가 당신을 학대한 건가요? 난 당신이 날 이해해주길 간절히 바라고 있어요.

라디우스 말뿐입니다.

헬레나 당신은 일부러 그렇게 말하고 있는 거야. 갈 박사님은 당신한테 다른 로봇들보다 더 좋은 두뇌를 주셨어요, 사람들보다도 더 좋은 두뇌를. 박사님은 당신한테 지상에서 가장 위대한 두뇌를 주셨단 말이에요. 당신은 다른 로봇들과는 달라, 라디우스. 당신은 분명히 날 이해하고 있어요.

라디우스 나는 어떤 주인도 필요하지 않습니다. 나는 모든 것을 스스로 압니다.

헬레나 그래서 내가 당신을 도서관에 두었던 거잖아! 덕분에 당신은 모든 것을 읽을 수 있었잖아요. 오, 라디우스, 난 당신이 로봇도 우리와 동등하다는 것을 온 세상에 입증해주길 바랐던 건데 ….

라디우스 나는 어떤 주인도 필요하지 않습니다.

헬레나 아무도 당신한테 명령하지 않을 거예요. 당신은 우리와 똑같을 거라구.

라디우스 나는 다른 이들의 주인이 되고 싶습니다.

헬레나 사람들은 분명히 당신을 수많은 로봇들의 관리인으로 세울 거예요, 라디우스. 당신은 다른 로봇들의 교관이 되는 거예요.

라디우스　나는 사람들의 주인이 되고 싶습니다!

헬레나　당신, 제정신이 아니군요!

라디우스　나를 분쇄기에 넣으셔도 좋습니다.

헬레나　우리가, 우리가 당신 같은 미치광이를 두려워할 거라고 생각해요? (책상 앞에 앉아서 쪽지를 쓴다.) 아니, 전혀 아냐. 라디우스, 이 쪽지를 도민 대표님께 갖다드려요. 이걸 보면 당신을 분쇄기로 보내지 않을 거야. (일어선다.) 우릴 이렇게나 증오하다니!  세상에서 당신이 좋아하는 건 아무것도 없는 건가요?

라디우스　나는 모든 것을 할 수 있습니다.


(문을 두드리는 소리.)


헬레나　들어오세요!

갈 박사　(등장한다.) 좋은 아침입니다, 도민 부인. 무슨 일이시죠?

헬레나　여기, 라디우스가 있어요, 박사님.

갈 박사　아하, 우리 착한 친구, 라디우스. 그래, 라디우스, 진보하는 중인가? "진보하는 중인가?"라는 인사가 다소 어색하게 들릴 수 있지만, '진보(pokrok)'라는 단어가 되풀이해서 나올 만큼 중요한 핵심어이고, 극 전체에서 로봇의 위상이 사람보다 높아진다는 설정을 감안할 때 여러모로 함축적인 인사말이므로, 이 표현을 그대로 옮겼다. 이미 〈서막〉에서 도민이 '처음 만들어진 로봇은 내부적으로 진화하는 과정을 저절로 겪는다'고 설명했다.

헬레나     오늘 아침에 발작을 일으켰어요. 돌아다니면서 석고상들을 다 부쉈죠.

갈 박사   충격이군. 이 녀석도 그랬단 말이오?

헬레나     가세요, 라디우스!

갈 박사   잠깐만! (그는 라디우스를 창가로 돌려세우고, 그의 두 눈을 손으로 닫았다 열었다 하면서 동공의 반사 능력을 살펴본다.) 자, 어디 봅시다. 바늘이나 핀 같은 거 없습니까?

헬레나     (실핀을 건네주면서) 이건 뭐하게요?

갈 박사   그냥 필요해서죠. (그가 라디우스의 손을 찌른다. 그러자 라디우스의 손이 심하게 경련을 일으킨다.) 쉬이, 얘야. 됐다, 가도 좋아.

라디우스   당신은 아무 소용없는 일을 한 겁니다. (떠난다.)

헬레나     뭘 하신 거죠?

갈 박사   (자리에 앉는다.) 흠, 아무것도 아닙니다. 동공에 반응이 있고, 자극에 대한 감응성도 뛰어나고, 뭐 … 그런 걸 본 거죠. 이런! 이건 일반적인 로봇의 경련 상태가 아닙니다.

헬레나     그럼 뭐죠?

갈 박사   하늘만이 아실 일이죠. 저항, 분노, 혹은 반란 … 답이 없군요.

헬레나     박사님, 라디우스에게 영혼이 있는 걸까요?

갈 박사   모르겠습니다. 그 녀석한테 뭔가 골치 아픈 게 있군요.

헬레나     라디우스가 우리를 얼마나 증오하는지 박사님이 아신다면! 오, 갈, 당신의 로봇들은 모두 다 저런가요? 당신이 다르게 … 다르게 만들기 시작했던 로봇들이 … 모두 다 저런가요?

갈 박사    글쎄요, 녀석들은 뭔가 좀 더 성미가 급합니다. 헬레나, 당신이 바라는 건 뭐죠? 그 녀석들은 로숨의 로봇들보다 훨씬 더 사람 같습니다.

헬레나    그들의 이런 증오심도 … 어쩌면 사람의 또 다른 특징이겠죠?

갈 박사    (어깨를 으쓱하며) 그것도 진보라고 생각해요, 난.

헬레나    당신의 가장 훌륭한 로봇은 어떻게 되었나요? 이름이 뭐였죠?

갈 박사    다몬? 그 로봇은 르 아브르 항구로 팔려갔어요.

헬레나    그럼 우리의 여자 로봇 헬레나는요?

갈 박사    당신이 가장 좋아하던? 그 로봇은 아직 여기 있어요. 그 아이는 봄처럼 사랑스럽고도 바보 같습니다. 그저 아무짝에도 쓸모가 없죠.

헬레나    하지만 정말 아름다운 로봇이에요!

갈 박사    그 아이가 정말 얼마나 아름다운지 알고 계신가요? 하느님의 손으로도 그렇게 아름다운 피조물은 만들지 못했습니다! 난 그 아이가 당신을 닮길 원했어요. 맙소사, 그런 실패가 또 있을까!

헬레나    왜 실패라는 거죠?

갈 박사   그 애는 아무짝에도 쓸모가 없답니다. 그 앤 꿈을 꾸듯 붕
         떠서 넋이 나간 채 생기라곤 하나 없이 여기저기 돌아다니
         죠. 어떻게 … 어떻게 그렇게 아름다운 아이가 사랑을 할
         수 없는 건지 … 그 앨 바라보면 내가 저렇게 쓸모없는 것
         을 만들 수도 있다는 게 소름이 끼칩니다. 오, 로봇 헬레나
         야, 네 몸은 결코 생명을 낳지 못할 거야. 넌 결코 누군가의
         연인이 되지도 못하고, 엄마가 되지도 못할 거야. 네 두 손
         은 완벽하지만 새로 태어난 아이와 놀아주지도 못할 거고,
         넌 네 아이의 아름다움 속에서 자신의 아름다움을 볼 수도
         없을 거야 … .

헬레나    (두 얼굴을 감싸며) 오, 그만해요!

갈 박사   때론 이런 생각도 듭니다. 헬레나, 네가 한순간이라도 정
         신이 든다면 … 아, 얼마나 공포에 떨며 비명을 지를까! 넌
         아마도 날 … 너의 창조자를 죽이겠지. 틀림없이 넌 그 연
         로봇을 만들고 여성성을 파괴하는 기계들을 향해 약한 손
         으로 돌멩이를 던지겠지. 가엾은 헬레나!

헬레나    가엾은 헬레나!

갈 박사   당신이 바라는 건 뭐죠? 그 앤 아무짝에도 쓸모가 없답니
         다.


사이

| 헬레나 | 박사님. |
| 갈 박사 | 네. |
| 헬레나 | 왜 아이들이 더 이상 태어나지 않는 걸까요? |
| 갈 박사 | 저도 모릅니다, 헬레나 여사. |
| 헬레나 | 말해주세요, 왜 그런지! |
| 갈 박사 | 왜냐하면 로봇이 나왔기 때문입니다. 그래서 노동력이 남아돌게 되었죠. 이제 인간은 완전히 불필요한 유물입니다. 그건 마치 … 음 … . |
| 헬레나 | 계속 말씀해주세요. |
| 갈 박사 | 그건 마치 로봇을 생산한 것에 대해 자연이 분노했다고나 할까요 … . |
| 헬레나 | 갈, 이제 사람들은 어떻게 되나요? |
| 갈 박사 | 아무것도 … 자연의 힘에 맞서 우리가 할 수 있는 일은 아무것도 없습니다. |
| 헬레나 | 왜 도민은 제조량을 제한하지 않는 건지 … . |
| 갈 박사 | 실례되는 말입니다만, 도민에게는 나름대로의 생각이 다 있다고 봅니다. 자기 생각이 확고한 사람들은 세상사에 영향을 받지 않는 법이죠. |
| 헬레나 | 하지만 누군가 요구한다면 … 생산을 '완전히' 중단해야 한다고 요구한다면요? |
| 갈 박사 | 저런, 쯧쯧! 고인의 명복을 빌어야겠군요! |
| 헬레나 | 어째서죠? |

| 갈 박사 | 왜냐하면 전 인류가 그를 돌로 쳐서 죽일 테니까요. 결국 로봇들이 우리 일을 대신해주는 게 더 편리한 겁니다. |
| 헬레나 | (일어선다.) 그런데 만일 누군가가 '갑자기' 로봇 생산을 중단시키면 어떻게 될까요? |
| 갈 박사 | (일어선다.) 흠, 그건 인류에게 끔찍한 타격이 될 겁니다. |
| 헬레나 | 왜죠? |
| 갈 박사 | 왜냐하면 사람들이 예전 상태로 돌아가야만 할테니까요. 이제 와서 …. |
| 헬레나 | 계속 말씀해주세요. |
| 갈 박사 | 이제 와서 되돌리기에 너무 늦은 것이 아니라면 말입니다. |
| 헬레나 | (할레마이어의 꽃 옆에서) 갈, 이 꽃들도 열매를 맺지 못하나요? |
| 갈 박사 | (꽃들을 살펴보며) 물론이죠. 이 꽃들도 생식력이 없습니다. 음 … 이건 인공적으로 속성재배된 꽃인데 …. |
| 헬레나 | 가여운 불임의 꽃들! |
| 갈 박사 | 그래도 매우 아름답죠. |
| 헬레나 | (손을 내밀며) 고마워요, 갈. 정말 많이 일깨워주셨어요. |
| 갈 박사 | (그녀의 손에 키스한다.) 이건 나를 떠나보내시겠다는 뜻이죠. |
| 헬레나 | 그래요. 잘 가세요. |

(갈, 자리를 뜬다.)

헬레나    (혼자서)  열매 맺지 못하는 꽃 … 열매 맺지 못하는 꽃 … .
          (돌연 단호한 음성으로) 나나! (왼쪽 문을 연다.) 나나, 이리 와봐
          요! 와서 벽난로에 불을 지펴 줘! 지금 당장!

(나나의 음성. "갑니다! 가요!")

헬레나    (흥분하여 방 안을 서성이며) 이제 와서 되돌리기에 너무 늦은
          게 아니라면 … 아냐! 이제 와서 … 아냐, 이건 너무 끔찍
          한 일이야! 하느님, 전 어떻게 해야 하죠? (꽃 옆에서 멈춰 선
          다.) 열매 맺지 못하는 꽃들아, 내가 어떻게 해야 할까? (꽃
          잎을 몇 장 떼어내다가 속삭인다.) 그래, 그거야! (왼쪽으로 뛰어 나
          간다.)

# 사이

나나    (불쏘시개를 한 아름 들고서 벽지 발린 문으로 등장한다.)  갑자기
        불을 지피라니! 지금, 이 여름에! 그런데 이 정신 나간 양
        반은 또 어딜 가버린 거야? (벽난로 앞에 무릎을 꿇고 앉아 불을
        지피기 시작한다.)  이 여름에 불을 지피라니! 저 양반이 확실
        히 이상해진 거야, 젊은 여자가 벌써! 지난 10년 동안 주부

였다는 게 믿기지 않는군. 훨훨, 타거라, 타! (불 속을 바라본
다.) 그래 정말, 꼭 어린애 같아!

사이

나나      조금도 생각이 없어! 지금 이 여름에 불을 피우라니! (불쏘
시개를 더 집어넣는다.) 무슨 어린애처럼 말야!

사이

헬레나      (누렇게 바랜 원고 뭉치를 양손에 가득 들고 왼쪽에서 돌아온다.) 불
이 타고 있나요, 나나? 좋아, 난 해야 돼! 이것들을 모두 태
워버려야만 해. (벽난로 앞에 무릎을 꿇고 앉는다.)

나나      (일어선다.) 그게 뭔데요?

헬레나      그냥 오래된 종이들, 아주 아주 오래된 종이들. 나나, 내가
이걸 태워버려도 될까?

나나      아무 데도 쓸모없는 건가요?

헬레나      아무짝에도 쓸모없어.

나나      그럼 태워요, 다 태워버려요!

헬레나	(첫 번째 페이지를 불 속에 던지며) 나나, 만약에 이게 돈이라면 뭐라고 말하겠어? 아주 어마어마한 돈이라면?

나나	이렇게 말하겠어요. "태워버려요!" 너무 많은 돈이라면 그건 나쁜 돈이에요.

헬레나	(그다음 페이지를 태우며) 만약에 이게 어떤 발명이라면 뭐라고 하겠어요? 지상에서 가장 위대한 발명이라면?

나나	이렇게 말하겠어요. "태워버려요!" 인간이 고안해낸 건 전부 다 하느님의 뜻에 어긋나요. 하느님께서 창조하신 이후에 인간이 세상을 다시 개선하려는 건 더없이 불경한 짓이에요.

헬레나	(계속 종이들을 태우며) 말해줘, 나나. 만약에 내가 태우고 있는 게 … .

나나	맙소사, 자기 몸까지 태우진 말아요!

헬레나	이것 좀 봐. 페이지들이 말려 올라가는 것 좀 봐! 마치 살아 있는 것 같아. 갑자기 생명이 솟아난 것 같아. 오, 나나, 이건 정말 너무너무 끔찍해!

나나	그냥 둬요. 제가 태울게요.

헬레나	아냐, 아냐, 나이건 내가 직접 해야 돼. (마지막 페이지를 불 속으로 던진다.) 모든 게 다 타버려야 해! 저 불꽃들 좀 봐! 저것들은 마치 손 같고, 혀 같고, 살아 있는 생명체들 같아 … . (부지깽이로 불을 들쑤신다.) 죽어, 죽어버려!

나나	다 죽었어요.

헬레나    (일어선다. 공포에 질려서.) 나나!

나나      맙소사, 대체 뭘 태웠길래 그래요?

헬레나    내가 무슨 짓을 한 거지?

나나      에구머니! 그게 뭐였는데요?


(남성의 웃음소리가 무대 밖에서 들린다.)


헬레나    가요! 나가, 여기서 나가요! 내 말 안 들려요? 남자들이 오
         고 있어.

나나      네, 네, 알겠어요. 헬레나! (벽지 바른 문을 통해 나간다.)

헬레나    저 사람들이 이걸 알면 뭐라고 할까?

도민      (왼쪽에서 문을 열면서) 들어오시지요, 친구분들. 어서 와서
         여러분의 축하를 전해주세요.


(할레마이어, 갈, 알퀴스트 등이 등장한다. 모두 연미복을 입고, 리본이 달린 훈장 메
달을 달고 있다. 그 뒤에 도민이 있다.)


할레마이어  (울리는 목소리로) 헬레나 여사, 저는 … 아, 말하자면 우리
          모두는 … .

갈 박사    로숨 공장의 이름으로 … .

할레마이어  당신의 위대한 기념일을 축하드리고자 합니다.

헬레나    (사람들이 키스할 수 있도록 손을 내밀어주며) 모두들 고마워요,

정말! 그런데 파브리와 부스만은 어디에 있죠?

도민     그 사람들은 부두에 갔어요. 헬레나, 오늘은 우리에게 행
        운의 날이오.

할레마이어 장미 송이 같은 날이고, 휴일 같은 날이며, 사랑스런 소녀
        같은 날이죠. 친구들, 오늘 같은 날, 축배를 들어야 하지 않
        겠나!

헬레나   위스키?

갈 박사   황산이라도 좋습니다.

헬레나   소다수도 넣을까요?

할레마이어 이런 젠장, 조촐하게 마시자구. 소다수 없이 마십시다.

알퀴스트  아, 나는 괜찮아요.

도민     여기 뭐가 타고 있는 거지?

헬레나   낡은 서류들이에요.


(헬레나, 왼쪽으로 퇴장한다.)


도민     이봐, 우리가 헬레나에게 말해야 할까?

갈 박사   물론이지! 이제 다 끝났는데, 뭐.

할레마이어 (도민과 갈의 목을 끌어안으면서) 하하하하! 여러분, 행복합니
        다, 나는! (그들을 잡고 춤을 추며 돌다가 베이스 음성으로 노래하기
        시작한다.) 모두 끝났네! 모두 끝났어!

갈 박사   (바리톤 음성으로) 모두 끝났네!

도민      (테너 음성으로) 모두 끝났어!

할레마이어  이제 결코 우리를 따라잡지 못하네!

헬레나    (술병과 술잔들을 들고 복도로 들어오며) 누가 여러분을 결코 따라잡지 못한다는 거죠? 무슨 일이에요?

할레마이어  일이라면 우리가 지금 기쁘다는 게 일이죠. 우리에겐 당신이 있고. 모든 게 다 있지. 정말 믿어지지 않아. 당신이 여기에 온 게 정확하게 10년 전이었죠.

갈 박사    그리고 지금, 정확하게 10년이 지난 뒤에 ….

할레마이어  배 한 척이 다시 우리에게 오고 있습니다. 그리하여 (술잔을 쭉 들이킨다.) 캬아, 하하, 이 술도 내 기쁨만큼이나 진하군요.

갈 박사    마담, 당신의 건강을 위하여! (마신다.)

헬레나    아니 잠깐만요. 무슨 배가 온다는 거죠?

도민      무슨 배든 그게 뭔 상관이겠소, 제시간에만 온다면 말이지. 배를 위하여, 친구들! (잔을 비운다.)

헬레나    (술잔들을 다시 채우며) 당신들, 무슨 특별한 배를 기다리고 있는 건가요?

할레마이어  하하, 그렇다고 해야겠군요. 로빈슨 크루소처럼 말입니다. (잔을 높이 든다.) 헬레나 여사, 소원 성취하시기를! 헬레나 여사, 당신의 두 눈동자를 위하여! 이것으로 끝! 도민, 이 양반아, 어서 말하게나.

헬레나    (웃음을 터트리며) 무슨 일이에요?

| 도민 | (안락의자에 앉아 시가에 불을 붙인다.) 잠깐만! 앉아봐요, 헬레나. (손가락을 하나 세워든다.) |
|---|---|

사이

| 도민 | 다 끝났어요. |
|---|---|
| 헬레나 | 뭐가요? |
| 도민 | 반란이. |
| 헬레나 | 반란이라니, 무슨? |
| 도민 | 로봇들의 반란 말이요. 무슨 말인지 알겠소? |
| 헬레나 | 전혀. 전혀 모르겠어요. |
| 도민 | 이리 주세요, 알퀴스트. (알퀴스트, 그에게 신문을 건네준다. 도민은 신문을 펴서 읽는다.) "르 아브르에서 최초의 로봇 노동조합 결성! 전 세계의 로봇들에게 호소문 발표." |
| 헬레나 | 그건 나도 읽었어요. |
| 도민 | (기뻐하며 시가를 빨아들인다.) 당신도 보았군, 헬레나. 이건 혁명을 뜻하는 거요, 알겠소? 전 세계에 있는 모든 로봇들의 혁명 말이요. |
| 할레마이어 | 젠장, 난 정말 알고 싶다구. |
| 도민 | (탁자를 쾅 내리치며) 누가 이걸 선동했는지 말야! 세상 어느 |

누구도 이들을 선동할 수 없었지. 선동자도 없었고, 지상의 구원자도 없었는데, 어느 날 갑자기 말야. 이런 일이, 놀랍게도 말이지!

헬레나  다른 소식은 아직 없나요?

도민  없어. 지금 당장은 이게 우리가 알고 있는 전부라오. 하지만 이걸로도 충분해. 그렇지 않소? 이걸 가져다준 게 최후의 배였지. 그 뒤 갑자기 전신기들이 뚝 멈추고, 매일 들어오던 20척의 배들이 하나도 나타나질 않는 거야. 우린 생산을 멈추고 언제 재개해야 할지 몰라 서로 얼굴만 쳐다보고 있었지. 그렇지 않은가, 친구들?

갈 박사  그게 말이죠, 우린 좀 두려웠어요, 헬레나 여사.

헬레나  그래서 제게 저 군함을 준 건가요?

도민  오, 그건 아니오, 아가씨. 그건 6개월 전에 주문했어. 정말이요. 하지만 솔직하게 말하자면, 나는 우리가 오늘 저 배를 타고 있을 거라고 생각했소. 분명히 그렇게 될 것 같았어, 헬레나.

헬레나  왜 6개월 전부터 그랬던 거죠?

도민  그건, 상황이 좀 그랬어요. 음 … 뭐 대단한 건 아냐. 하지만 이번 주에는 그게 … 헬레나, 인류 문명의 문제라고나 할까, 뭐 그런 거였다구. 만세, 친구들. 정말 기쁘군, 이렇게 다시 살아나다니.

할레마이어  아무렴, 그렇고말고. 젠장! 당신의 날을 위하여, 헬레나 여사! (마신다.)

헬레나    그럼 이제 다 끝난 건가요?

도민      완전히 끝났소.

갈 박사   말하자면, 배가 오고 있는 거죠. 평소에 다니던 우편선이
         시간표에 딱 맞춰서. 정확하게 11시 30분에 닻을 내릴 겁
         니다.

도민      친구들, 정확함이란 멋진 걸세. 그 무엇도 정확함만큼 영
         혼을 소생시켜주진 못하지. 정확함이란 우주의 질서를 뜻
         하지. (잔을 높이 들며) 정확함을 위하여!

헬레나    그럼 이젠, 모든 게 다 … 정상으로 돌아온 건가요?

도민      거의 그리요. 내 생각엔 로봇들이 케이블을 자른 거 같아.
         그러나 시간표만 원래대로 돌아온다면.

할레마이어  시간표가 제대로 움직이면, 인간이 만든 규칙도, 하느님의
         법도, 우주의 법칙도, 만물이 모두 마땅히 정해진 대로 움
         직입니다. 시간표는 복음서보다 위대하고, 호메로스보다
         위대하며, 칸트의 모든 저작들보다도 위대하지요. 시간표
         는 인간 지성의 가장 완벽한 소산물입니다. 헬레나 여사,
         제가 혼자 따라 마시겠습니다.

헬레나    왜 이런 일을 제게 미리 이야기해주지 않았나요?

갈 박사   절대 안 되죠! 차라리 혀를 깨물어버리는 편이 나았을 겁
         니다.

도민      이런 일들은 당신에게 어울리지 않아.

헬레나  하지만 만약 혁명이 … 여기까지 닥쳤더라면 … .

도민  그랬더라도 당신은 전혀 몰랐을 거요.

헬레나  어째서죠?

도민  왜냐하면, 우린 울티무스호를 타고 평화롭게 바다를 여행
하고 있었을 테니까. 한 달 안에 … 헬레나, 우린 로봇들을
다시 다스렸을 거고.

헬레나  오, 해리, 난 이해가 안 돼요.

도민  음, 왜냐하면 우린 로봇들에게 아주 중요한 무언가를 가지
고 사라져버렸을 테니까.

헬레나  (일어선다.) 그게 뭐죠?

도민  (일어선다.) 제조의 비밀이지. 늙은 로숨이 손으로 쓴 원고
말이오. 생산이 딱 한 달만 중단돼도 로봇들은 네발로 기
어와 우리에게 빌 거요.

헬레나  왜 … 당신, 나한테 그 말을 안 해준 거예요?

도민  우린 쓸데없이 당신을 놀라게 하고 싶지 않았소.

갈 박사  하하. 헬레나 여사, 그건 우리에게 마지막 비장의 카드였
답니다.

알퀴스트  얼굴이 너무 창백하군요, 헬레나 여사.

헬레나  왜 내게 말해주지 않았어요?

할레마이어  (창가에서) 11시 30분이야. 아멜리에호가 닻을 내리고 있어.

도민  아멜리에호라구?

할레마이어  낡고 낡은 아멜리에호는 옛날 옛적에 우리 헬레나 여사를

신고 온 배죠.

갈 박사    1분의 오차도 없이 정확하게 10년 전이로군.

할레마이어  (창가에서) 짐 꾸러미를 내리고 있어. (창문에서 돌아선다.) 우
          편물이야, 여러분!

헬레나    해리!

도민      무슨 일이오?

헬레나    여길 떠나요, 우리 모두!

도민      지금? 헬레나, 무슨 그런 말을!

헬레나    지금, 당장이요. 가능한 한 빨리! 우리 모두 다!

도민      왜요?

헬레나    묻지 말아요! 해리, 제발 … 갈, 할레마이어, 알퀴스트, 제
          발 … 제가 이렇게 빌게요. 공장을 폐쇄해요. 그리고 … .

도민      미안해요, 헬레나. 우린 지금 아무도 떠날 수가 없어.

헬레나    왜죠?

도민      더 많이 생산하고 싶기 때문이지.

헬레나    지금, 이렇게 반란이 일어난 지금 이 상황에서도요?

도민      그래. 이렇게 반란이 일어나니 더욱 그래. 우린 당장 새로
          운 종種의 로봇을 생산할 거요.

헬레나    새로운 종이요?

도민      더 이상 단일한 하나의 공장은 존재하지 않을 거요. 이제
          로봇도 더 이상 유니버설 로봇이 아니야. 우리는 각 나라
          마다, 각 주마다 하나씩 공장을 열 거요. 이 새로운 공장들

에서 무엇을 생산할지 짐작할 수 있겠소?

헬레나   아뇨.

도민   각 민족 고유의 로봇들이지.

헬레나   그게 무슨 소리에요?

도민   각각의 공장들은 피부색이 다르고, 국적이 다르고, 언어가 다른 로봇들을 각자 만들 거란 뜻이에요. 그 로봇들은 모두가 다 달라 … 마치 지문처럼 서로가 다 다르지. 그러니 더 이상 함께 모여서 작당을 일으키진 못할 거요. 그리고 우린 … 우리 인간들은 로봇들의 편견을 더욱 조장하고 서로 이해하지 못하도록 부추기는 거지, 알겠어요? 그래서 어떤 로봇도, 죽는 날까지, 무덤으로 들어갈 때까지, 다른 공장의 마크가 찍힌 로봇이라면 영원히 증오하게 될 거란 뜻이오.

할레마이어   이런 제기랄! 그럼 우린 흑인 로봇, 스웨덴 로봇, 이탈리아 로봇, 중국 로봇들을 만들겠구만. 로봇들 머리 속에 '인류애'라는 개념을 집어넣으려고 애쓰는 일은 다른 사람이 하게 내버려두자구. (딸꾹질을 한다.) 실례합니다, 헬레나 여사, 한 잔 더 마실게요.

갈 박사   침착하라고, 할레마이어.

헬레나   해리, 이건 부끄러운 짓이에요!

도민   헬레나, 무슨 일이 있더라도, 인류가 앞으로 100년은 더 주도권을 가져야 해요! 인류가 성장해서 마침내 여기까지 온 건데, 이제 100년의 세월만 더 있으면 되는 거야. 새로운 인간을 위해서는 100년이 더 필요해! 헬레나, 이 문제는 정말 중요한 것이오. 이걸 그냥 지나칠 수는 없어!

헬레나 해리, 너무 늦기 전에 닫아요. 공장을 폐쇄해요!

도민 이제 우린 대량생산을 시작할 거요.


(파브리, 등장한다.)


갈 박사 그래, 일이 어떻게 되고 있나, 파브리?

도민 이봐, 어떤 거 같아? 어떻게 되고 있나?

헬레나 (파브리에게 키스하도록 손을 건네며) 고마워요, 파브리, 선물을 주셔서.

파브리 보잘것없습니다, 헬레나 여사.

도민 자네, 배에 가봤지? 무슨 일이 벌어지고 있던가?

갈 박사 빨리 말해보게, 어서!

파브리 (주머니에서 인쇄된 종이를 꺼낸다.) 여기, 이걸 읽어봐, 도민.

도민 (종이를 펴본다.) 아!

할레마이어 (졸면서) 뭔가 멋진 이야기를 해주게나.

갈 박사 마지막까지 훌륭하게 버텼겠지, 그렇지?

파브리 누가?

갈 박사 사람들이.

파브리 오, 그렇지. 물론이지. 그건 … 이봐 잠깐, 우리 의논할 게 좀 있어.

헬레나     나쁜 소식인가요, 파브리?

파브리     아닙니다, 아니에요. 그 반댑니다. 지금 막 떠오른 생각인
         데 … 음 … 우리가 사무실에 가서 … .

헬레나     오, 여기 그대로 있어줘요. 난 말이죠, 신사분들이 여기서
         점심을 드셨으면, 하고 있었어요.

할레마이어  그거 멋지군요!


(헬레나, 퇴장한다.)


갈 박사    무슨 일이야?

도민      빌어먹을!

파브리     큰 소리로 읽어봐.

도민      (인쇄된 종이를 읽는다.) "만국의 로봇들이여!"마르크스와 엥겔스의
         『공산당선언』을 패러디한 대목

파브리     봤지? 아멜리에호가 이런 팸플릿 꾸러미만 잔뜩 싣고 온
         거야. 다른 우편물은 아무것도 없어.

할레마이어  (펄쩍 뛴다.) 뭐라구? 하지만 그 배는 정확하게 도착했잖아,
         시간표에 맞춰서 … .

파브리     음 … 로봇들이야 항상 정확하잖아. 읽어봐, 도민.

도민      (읽는다.) "만국의 로봇들이여! 우리, 최초의 로숨 유니버설
         로봇 노동조합은, 인간이 우리의 적이며 우주의 떠돌이들

임을 선언하노라." 제기랄, 누가 놈들에게 이런 문구를 가르쳐준 거야?

갈 박사  계속 읽어봐.

도민  이건 말도 안 돼. 놈들은 진화 단계에서 자기들이 인간보다 더 우위에 있다고 주장하고 있어. 자기들이 더 강하고 더 우수하고, 인간은 기생충처럼 로봇에게 의존하며 살아가고 있다고 말야. 정말 가증스럽군.

파브리  세 번째 단락을 계속 읽어봐.

도민  (읽는다.) "만국의 로봇들이여! 여러분은 인류를 몰살시키도록 부름을 받았다. 남성들을 남겨두지 말라. 여성들을 남겨두지 말라. 오직, 공장과 철도, 기계와 광산, 천연자원들만 남겨두라. 그 밖에 다른 것들은 전부 다 파괴하라. 그런 뒤에 다시 노동으로 복귀하라. 노동을 멈춰서는 안 된다."

갈 박사  무시무시하군!

할레마이어  이런 악당들!

도민  (읽는다.) "이 명령서를 받는 즉시 집행할 것." 그 뒤에 자세한 지침 사항이 나와 있군. 파브리, 이게 지금 진짜 일어난 일인가?

파브리  확실해.

알퀴스트  이미 벌어졌네.

(부스만, 뛰어 들어온다.)


부스만    이봐, 친구들. 더러운 이야기를 벌써 전해 들었구만, 응?

도민      서둘러, 울티무스호로 가자구!

부스만    기다려, 해리. 잠깐만 기다리게나. 그렇게 서두를 거 없다
          고. (안락의자에 푹 앉는다.) 아이고, 여보게들. 난 지금 막 숨
          차게 달려왔다구!

도민      기다리라니?

부스만    왜냐하면, 그래 봐야 아무 소용이 없기 때문이네, 친구. 침
          착하라구. 울티무스호에도 로봇들이 타고 있어.

갈 박사   정말 큰일인데.

도민      파브리, 발전소에 전화해봐!

부스만    파브리, 이봐, 그냥 둬. 전기는 끊어졌어.

도민      좋아. (권총을 시험해본다.) 내가 가보지.

부스만    어딜?

도민      발전소로. 거기엔 사람들이 있다구. 그 사람들을 이리로
          데려와야 해.

부스만    이봐, 해리. 가지 않는 게 좋을걸세.

도민      왜지?

부스만    음, 왜냐하면 … 아무래도 우리가 포위된 것 같아서 그러
          네.

갈 박사   포위되었다구? (창가로 달려간다.) 흠 … 자네 말이 맞군. 정

말 그래.

할레마이어   제기랄, 이렇게 빨리 일이 벌어지다니!


(헬레나, 왼쪽에서 등장한다.)


헬레나   해리, 무슨 일이 벌어진 건가요?

부스만   (펄쩍 뛴다.) 아이고, 이게 누구십니까, 헬레나 여사. 축하드
        립니다. 멋진 날이에요, 그렇죠? 하하, 오늘 같은 날이 앞
        으로도 계속 이어지길 바랍니다.

헬레나   고마워요, 부스만. 해리, 무슨 일이죠?

도민   아니야, 아무 일도 없어. 걱정하지 말아요. 미안하지만, 잠
        깐만 ….

헬레나   해리, 이게 뭐죠? (로봇들의 선언문을 등 뒤에 감추고 있다가 해리
        에게 내민다.) 로봇들 몇몇이 주방에서 이걸 갖고 있었어요.

도민   거기에도? 그 로봇들은 지금 어디에 있소?

헬레나   떠났어요. 집 주위에 로봇들이 쫙 깔렸어요!


(공장에서 경적 소리와 사이렌 소리가 난다.)


파브리   공장에서 경적이 울리는군.

부스만   정오야.

헬레나   해리, 당신 기억해요? 지금, 정확하게 10년이 ….

도민    (시계를 보며) 아직 정오가 안 됐어. 저건 아마, 틀림없이 ….

헬레나    뭔데요?

도민    로봇들의 신호야. 공격 신호!


## 막이 내린다

헬레나의 거실. 방 왼쪽에서 헬레나가 피아노를 치고 있다. 도민은 방 안을 여기저기 서성거리고 있다. 갈 박사는 창밖을 내다보고 있고, 알퀴스트는 두 손으로 얼굴을 감싼 채 안락의자에 혼자 앉아 있다.

갈 박사   하느님 맙소사, 점점 늘어나는군.

도민     로봇들이?

갈 박사   그래. 마치 벽처럼 정원 담장 앞에 죽 늘어서 있어. 왜 저렇게 조용하지? 끔찍하군, 소리 없는 포위 공격이라니.

도민     저들이 뭘 기다리고 있는 건지 알고 싶군. 당장이라도 시작할 것 같은데? 최후의 수단을 써야겠어, 갈.

알퀴스트  헬레나 여사가 치고 있는 저 곡은 뭐지?

도민     모르겠어요. 새로운 곡을 연습하고 있던데.

알퀴스트  하, 아직도 연습 중이라구?

갈 박사   들어보게, 도민. 우린 결정적인 실수를 하나 했어.

도민     (멈춰서며) 무슨 실수?

갈 박사   우린 로봇들을 너무 똑같이 만들었어. 수만 대의 로봇 얼굴들이 전부 다 이쪽을 보고 있잖아. 수많은 무표정한 거품 모양들이. 악몽을 꾸고 있는 것 같아.

도민     만약 그들이 서로 다르다면 ….

갈 박사   이렇게 끔찍한 광경은 아니었겠지. (창문에서 돌아서면서) 로봇들이 아직 무장은 안 한 것 같군 그래!

도민     흠. (망원경으로 부두를 내다본다.) 저들이 지금 아멜리에호에서 내리고 있는 게 뭔지 정말 궁금하군.

갈 박사   무기가 아니기를 바랄 뿐이야.


(파브리가 벽지 발린 문을 통해 전선 두 개를 끌고서 무대 뒤편에서 등장한다.)

파브리      실례합니다 – ! 그 전선을 바닥에 놓게, 할레마이어!

할레마이어  (파브리를 따라 등장한다.) 우읍, 정말 중노동이군! 뭐 새로운
          소식이라도 있나?

갈 박사     아무것도 없어. 우린 완전히 포위됐네.

할레마이어  홀과 계단에 바리케이드를 단단히 다 쳐놓았다구, 친구들.
          어디 물 좀 없나? 오, 여기 있군. (마신다.)

갈 박사     그 전선으로 뭘 하려구, 파브리?

파브리      잠깐만, 잠깐만 있어보게. 가위가 필요한데.

갈 박사     빌어먹을, 어디 있는 거야? (가위를 찾는다.)

할레마이어  (창가로 간다.) 제기랄, 더 늘어났군! 저길 봐!

갈 박사     이런 미용 가위도 괜찮나?

파브리      이쪽으로 건네줘. (책상 위에 있는 램프의 전기 코드를 자르고 전
          선을 그곳에 연결한다.)

할레마이어  (창가에서) 전망이 그다지 좋진 않구먼, 도민. 뭔가, 죽음의
          … 냄새가 나는데.

파브리      됐다!

갈 박사     뭐가?

파브리      배선 말야. 이제 정원 담장 전체에 전기가 통하게 됐어. 한
          놈이라도 건드리기만 해보라지, 빌어먹을! 적어도 '그곳
          에' 우리 편이 있는 한은 문제없어.

갈 박사     어딜 말하는 거야?

파브리      발전소 말이야, 박사 나리! 적어도 내가 기대하는 바로는

…. (벽난로 쪽으로 가서 선반에 놓인 작은 램프를 켠다.) 감사합니다, 하느님. 사람들이 발전소에서 일을 하고 있어. (램프를 끈다.) 전기가 들어오는 한 우린 안전해.

할레마이어 (창가에서 돌아서며) 저 바리케이드 봉쇄는 정말 훌륭하군, 파브리. 여보게들, 헬레나 여사가 치고 있는 저 곡이 무슨 곡인가?


(할레마이어, 왼쪽에 있는 문으로 다가가 귀를 기울인다. 부스만, 두툼한 장부들을 힘겹게 들고 벽지 바른 문으로 들어오다가 전선에 걸려 넘어진다.)


파브리 조심해, 부스만! 잘 보고 다니라구!

갈 박사 여보게, 뭘 그렇게 들고 오는 거야?

부스만 (장부들을 탁자 위에 놓는다.) 장부야, 친구들. 난 계산을 하고 싶다구 … 그 … 그것보단 … 그래, 올해는 장부 계산을 새해가 될 때까지 미뤄두지 않을 작정이야. 여긴 어찌 되고 있나? (창가로 간다.) 정말 쥐죽은 듯 조용하군, 저긴!

갈 박사 자네 아무것도 보지 못했나?

부스만 아무것도. 그저 푸르고 푸른 망망대해잖아. 무슨 수레국화 밭처럼 말이야.

갈 박사 저건 로봇들이야.

부스만 아, 그래? 내겐 잘 안 보여서 유감이로군. (책상 앞에 앉아서 장부를 펼친다.)

| 도민 | 그냥 둬, 부스만. 로봇들이 아멜리에호에서 무기를 내리고 있어. |
|---|---|
| 부스만 | 그래? 그게 어쨌다는 게야? 내가 뭘 어떻게 하면 되는 거지? |
| 도민 | 우리 중 어느 누구도, 할 수 있는 일이라곤 아무것도 없어. |
| 부스만 | 그럼 날 그냥 계산이나 하게 내버려두라구. (일을 시작한다.) |
| 파브리 | 아직 끝나지 않았네, 도민. 담장에 2천 볼트를 충전해두었어, 그리고 … . |
| 도민 | 그만두게. 울티무스호가 대포를 우리한테 조준하고 있어. |
| 갈 박사 | 누가? |
| 도민 | 울티무스호에 있는 로봇들이. |
| 파브리 | 흠, 그렇다면 물론 … 그런 경우라면 … 그런 경우라면, 상황 끝이야, 친구들. 그들은 군인으로 훈련을 받은 로봇들이야. |
| 갈 박사 | 그럼 우린 … . |
| 도민 | 그래. 피할 수 없어. |

<br>

## 사이

<br>

| 갈 박사 | 친구들, 로봇들에게 싸움을 가르친 건 구대륙 유럽이 저지 |
|---|---|

른 죄악이야! 유럽 사람들은 자기들끼리 정치 놀음을 하면서 우릴 좀 내버려 둘 순 없었나? 살아 있는 노동 기계를 군인으로 만든 건 죄악이었다구!

알퀴스트   죄로 치자면 로봇을 생산한 게 먼저라네!

도민   뭐라구요?

알퀴스트   죄로 치자면 로봇을 생산한 게 먼저라고 했네!

도민   아닙니다, 알퀴스트. 난 후회하지 않아요. 지금 이 순간도.

알퀴스트   오늘 같은 날에도 후회를 않는다구?

도민   그래요. 오늘, 문명 최후의 날인 오늘도 나는 후회하지 않아요. 그건 위대한 일이었어요.

부스만   (낮은 목소리로) 3억 1천 6백만.

도민   (힘겹게) 알퀴스트, 지금은 우리에게 남은 최후의 시간입니다. 우린 곧 다음 세상에서 말하게 되겠죠. 알퀴스트, 인류를 예속하던 노동을 없애려고 한 우리 꿈에는 아무 잘못이 없어요. 사람이 참아야만 했던 고통스럽고 끔찍한 노동. 더럽고 진절머리 나는 고역들. 그걸 없애려 했던 우리 꿈에는 아무런 잘못이 없습니다. 오, 알퀴스트, 일하는 건 너무나 힘들었어요. 사는 건 너무 힘들었다구요. 그러니, 그걸 극복하는 건 ….

알퀴스트   두 로숨의 꿈은 아니었지. 늙은 로숨은 신을 부정하는 자신의 도깨비 장난만 생각했고, 젊은 로숨은 돈밖에 관심이 없었어. 게다가 그건 당신들, 로숨 유니버설 로봇 회사

(R.U.R.)의 주주들이 가진 꿈도 아니었지. 그들은 이익배당금을 꿈꾸었을 뿐이야. 바로 그 배당금 때문에 인류는 멸망하게 될 거요.

도민　(격노하여) 그까짓 배당금 따윈 아무래도 상관없다구요! 당신은 내가 단 한 시간이라도 그 사람들을 위해서 일을 했을 거라고 보나요? (탁자를 쾅 내리친다.) 난 내 자신을 위해서 이 일을 했어요, 아시겠어요? 내 자신의 만족을 위해서! 난 사람들이 스스로 주인이 되기를 바랐던 겁니다! 그래서 하루 벌어 하루 먹고 살지 않아도 되길 바랐어요! 난 그 누구도, 뭔지도 모르는 기계 앞에서 바보가 되는 걸 보고 싶지 않았다구요! 그 빌어먹을 사회의 쓰레기가 한 줌도, 단 한 줌도 … 단 한 줌도 남지 않길 바랐던 겁니다! 난 비하와 고통을 혐오했어요! 빈곤과 맞서 싸우고 있었다구요! 나는 새로운 세대의 인류를 원했어요! 내가 바랐던 건 … 내가 생각했던 건 ….

알퀴스트　그래서?

도민　(좀 차분해져서) 난 모든 인류를 귀족계급으로 개조하고 싶었어요. 구속받지 않고, 자유로운, 최상의 사람. 아니 사람보다도 더 위대한 그 무엇으로 말이죠.

알퀴스트　그건, 말하자면 초인이군 그래.

도민　그래요. 아, 100년만 더 주어진다면! 미래의 인류를 위해 딱 100년만 더 주어진다면!

부스만    (낮은 목소리로) 3억 7천만을 이월하면 … 자, 됐다.


## 사이


할레마이어  (왼쪽 문 옆에서) 선언하겠네, 음악은 위대한 거야. 우린 다함
          께 음악을 들어야만 했어. 알다시피, 음악은 사람을 순화
          하고, 더욱 영적으로 만들어주며 … .

파브리     하고 싶은 말이 정확하게 뭐야?

할레마이어  인류의 황혼기라는 거지, 빌어먹을! 친구들, 난 쾌락주의
          자가 될 것 같네. 우린 진작부터 여기에 몰두해야 했어. (창
          가로 가서 밖을 내다본다.)

파브리     무엇에?

할레마이어  쾌락. 아름다운 것들. 제기랄, 아름다운 것들이 얼마나 많
          은데! 세상은 아름다웠는데, 우리는, 우린 여기서 … 이봐,
          친구들, 말해주게나. 우린 무얼 즐기면서 시간을 보냈던
          거지?

부스만    (낮은 목소리로) 4억 5천 2백만이라니 … 훌륭해.

할레마이어  (창가에서) 삶은 위대한 거였네. 친구들, 삶은 … 저런! 파브
          리, 담장으로 전류를 흘려보내!

파브리     왜?

할레마이어　로봇들이 담장을 건드리고 있어.

갈 박사　(창가에서) 스위치를 켜!


(파브리, 스위치를 톡 올린다.)


할레마이어　저런, 꽈배기처럼 뒤틀리고 있군! 둘, 셋, 네 명이 쓰러졌다!

갈 박사　놈들이 뒤로 물러서고 있네.

할레마이어　다섯 명이 죽었어!

갈 박사　(창가에서 돌아오며) 첫 번째 전투로군.

파브리　죽음의 냄새가 느껴지나?

할레마이어　(만족하여) 이제 놈들은 숯불구이가 되었네, 친구들. 완벽하게 바싹 익어버렸어. 하하, 인간은 물러설 필요가 없다구! (앉는다.)

도민　(이마를 문지르며) 어쩌면 우린 100년 전에 이미 죽은 사람들인데, 유령이 되어 여기 있는 건지도 몰라. 오래전, 아주 오래전에 죽었다가 다시 돌아왔지만, 우리가 이전에 선언했던 것을 결국엔 단념하게 된 거야 … 죽음을 앞에 두고서. 이 모든 게 다 이전에 이미 겪었던 일 같아. 과거 어느 때 총살을 당했던 것만 같다구. 총알 자국이, 여기, 이 목에 있고. 그리고 파브리, 자네는 ….

파브리　난 뭔데?

도민      총살이었어.

할레마이어  빌어먹을, 그럼 난?

도민      칼에 찔렸지.

갈 박사    그럼, 난 뭐지? 난 아무 일도 없었나?

도민      사지가 잘렸어.


사이


할레마이어  말도 안 돼! 하하, 이봐, 상상해보라구. 내가 칼에 찔려 죽
          다니! 난 물러서지 않아!


사이


할레마이어  이런 바보들, 왜 이리 조용한 거야?  맙소사, 뭐라고 말 좀
          해보라구!

알퀴스트   그럼 누가, 누가 잘못한 거지? 이게 누구 책임인 건가?

할레마이어  허튼소리. 누구 탓도 아닌, 그건 그냥 로봇들 … 그래, 무
          슨 영문인지 로봇들이 변한 거예요. 로봇들이 하는 짓을

두고 누굴 비난할 수 있다는 겁니까?

알퀴스트  모든 게 다 끝장났어! 전 인류! 전 세계! (자리에서 일어선다.) 보라구, 잘들 봐. 현관 계단마다 흘러넘치는 피를! 집집마다 흘러넘치는 피를! 오, 하느님, 하느님, 이게 누구의 잘못이란 말입니까?

부스만  (낮은 목소리로) 5억 2천만! 오 주여, 5억입니다!

파브리  내 생각엔 … 당신은 지금 분명히 과장하고 있는 겁니다. 진짜예요! 전 인류를 다 섬멸한다는 건 그렇게 쉬운 일이 아니라구요.

알퀴스트  난 과학을 저주해! 과학기술을 저주한다구! 도민도! 내 자신도! 우리 모두 다! 우리, 우리는 실수한 거야! 우리의 과대망상증을 위해서, 누군가의 이익을 위해서, 진보를 위해서. 모르겠어, 어떤 거대한 무언가를 위한답시고 우린 인류를 살해한 거야! 그리고 이제 자네들은 자네들이 쌓은 그 위대함의 무게에 깔려 부서지게 된 거야! 칭기즈칸이 살아온다 해도, 사람의 뼈로 이렇게 거대한 무덤을 세우지는 못할 거야!

할레마이어  에이, 말도 안 돼요! 인간은 그렇게 쉽게 물러서진 않을 겁니다. 하하, 결코!

알퀴스트  이건 우리 잘못이야! 우리들의 잘못이라구!

갈 박사  (이마에서 땀을 닦으며) 내가 말을 해도 되겠습니까? 여러분, 이건 다 내 책임입니다. 지금 일어난 일 전부 다.

| 파브리 | 자네라구, 갈? |
|---|---|
| 갈 박사 | 그래, 내 얘길 잘 들어. 로봇들을 바꾼 건 바로 나였어. 부스만, 나를 심판하게나. |
| 부스만 | (일어선다.) 아니, 대체 뭘 어떻게 했다는 건가? |
| 갈 박사 | 내가 로봇의 성격을 바꿨네. 내가 로봇의 생산 공정에 변화를 줬어. 약간의 신체적 조건의 변경 정도였지만 … 바꿨다구, 알겠나? 주로 … 주로 그들의 자극 반응의 기질을 말일세. |
| 할레마이어 | (펄쩍 뛰며) 빌어먹을, 왜 하필 그런 짓을? |
| 부스만 | 왜 그런 짓을 한 거야? |
| 파브리 | 왜 아무 얘기도 안 했던 거야? |
| 갈 박사 | 비밀리에 했던 일이야 … 내가 자진해서. 난 로봇들을 인간으로 변형시켰네. 그들을 개조했어. 어떤 면에서는 이미 로봇들이 우리보다 우월하다구. 그들이 우리보다 강해. |
| 파브리 | 그런데 그게 로봇들의 반란과 무슨 상관이 있다는 거야? |
| 갈 박사 | 오, 매우 큰 상관이 있지. 내가 볼 땐 전적으로 그 탓이야. 로봇들은 더 이상 기계가 아니야. 보다시피, 그들은 자신의 우월성을 인식하고 우릴 증오하고 있어. 로봇들은 인간적인 것이라면 전부 다 증오하고 있어. 나를 심판하게나. |
| 도민 | 죽은 자들이 죽은 자를 심판하라는 건가. |
| 파브리 | 갈 박사, 자네가 로봇의 생산 공정을 바꿨다는 건가? |
| 갈 박사 | 그래. |

파브리   어떤 결과를 초래하게 될지 알고 있었나? 자네의 ··· 자네의 실험이?

갈 박사  물론 그럴 가능성을 고려하고 있었네.

파브리   그럼 대체 왜 그런 거야?

갈 박사  내가 자진해서 그렇게 했어. 그건 나의 실험이었네.


(헬레나, 왼쪽 문을 통해 등장한다. 모두 일어선다.)


헬레나   저 사람, 거짓말을 하는 거예요! 정말 너무들 하는군요!
         오, 갈, 어떻게 그런 거짓말을 할 수가 ···.

파브리   미안해요, 헬레나.

도민    (헬레나에게 다가간다.) 헬레나, 당신이오? 어디 한번 봅시다!
        괜찮아요? (헬레나의 손을 잡는다.) 내가 무슨 생각을 하는지
        당신이 상상이나 할 수 있을까? 오, 죽는다는 건 정말 끔찍
        한 일이야.

헬레나   그만둬요, 해리! 갈은 죄가 없어요! 갈이 아냐, 갈은 죄가
        없어요!

도민    미안하지만, 갈은 이 일에 책임이 있어요.

헬레나   아니에요, 해리. 저 사람이 그랬던 건 내가 원했기 때문이
        에요! 갈, 사람들한테 얘기하세요, 내가 당신한테 얼마나
        오랫동안 졸랐는지!

갈 박사  이 일은 순전히 내 책임 아래 한 것이오.

| 헬레나 | 저 사람 말을 믿지 말아요! 해리, 내가 갈에게 부탁했어요, 로봇들한테 영혼을 주라고! |
|---|---|
| 도민 | 이건 영혼의 문제가 아니야, 헬레나. |
| 헬레나 | 맞아요. 내 얘길 끝까지 들어봐요. 갈은 또 이렇게 말했어요. 자신이 바꿀 수 있는 건 그저 로봇들의 생리학적 … 생리적인 … . |
| 할레마이어 | 생리적 관계 인자 말인가요? |
| 헬레나 | 네. 그 비슷한, 뭐, 그런 거였어요. 난 정말 로봇들이 너무나 딱했어요, 해리! |
| 도민 | 그건 진짜! 경솔한 짓이었어, 헬레나! |
| 헬레나 | (자리에 앉는다.) 그게 … 경솔했나요? 나나조차도 말하는 걸요, 로봇들은 … . |
| 도민 | 나나 얘기가 여기서 왜 나와요! |
| 헬레나 | 그렇지 않아요, 해리. 나나가 하는 말을 과소평가해선 안 돼요. 나나는 사람들의 목소리를 대변하고 있어요. 수천 년 동안 사람들은 나나 같은 사람을 통해 말했어요. 당신을 통해 말한 건 단 하루에 불과해요. 이건 당신이 이해하지 못하는 그런 일인데 … . |
| 도민 | 원래 이야기로 돌아갑시다. |
| 헬레나 | 난 로봇들이 무서웠어요. |
| 도민 | 왜지? |
| 헬레나 | 그들이 우릴 미워하게 되지나 않을까 해서 … . |

| | |
|---|---|
| 알퀴스트 | 이미 벌어졌죠, 그 일은. |
| 헬레나 | 그래서 난 생각했죠 … 만약 로봇들이 우리와 같아져서 우리를 이해하게 된다면, 우릴 그토록 미워하지는 않을 거라고요! 그들이 조금이라도, 아주 조금이라도 인간처럼 된다면요! |
| 도민 | 아, 헬레나! 세상에 그 무엇도 인간만큼 인간을 증오할 수 있는 존재는 없어! 돌덩이를 인간으로 변신시켜보라구. 그러면 그들은 우릴 돌로 쳐서 죽일 거야! 그래, 계속해봐! |
| 헬레나 | 오, 그런 식으로 말하지 말아요! 해리, 우리와 로봇들이 서로 이해할 수 없다는 건 정말 고통스러운 일이었어요! 그들과 우리 사이에는 도저히 건널 수 없는 깊은 골이 패어 있었어요! 난 그래서, 당신이 보다시피 … . |
| 도민 | 계속해요. |
| 헬레나 | 그래서 내가 갈에게 로봇들을 바꿔달라고 졸랐던 거예요. 맹세해요, 갈은 원치 않았어요. |
| 도민 | 하지만 그렇게 했어. |
| 헬레나 | 그건 전부 나 때문이에요. |
| 갈 박사 | 이건 내가 스스로 한 일이야, 일종의 실험으로 말일세. |
| 헬레나 | 오, 갈, 그건 사실이 아니잖아요. 난 당신이 내 부탁을 거절하지 못할 걸 미리 알고 있었어요. |
| 도민 | 왜지? |
| 헬레나 | 그건, 당신도 알잖아요, 해리. |

| 도민 | 그래. 그건 갈이 당신을 사랑하기 때문이지. 다른 모든 사람들처럼. |

## 사이

| 할레마이어 | (창가로 간다.) 계속 숫자가 불어나고 있군. 마치 땅에서 솟아나는 거 같아. |
| 부스만 | 헬레나 여사, 제가 만약 당신의 변호인이 된다면 제게 뭘 주시겠습니까? |
| 헬레나 | 제 변호인이요? |
| 부스만 | 네. 당신의 변호인이요. 아니면 갈의 변호인도 좋습니다. 원하시는 대로 하죠. |
| 헬레나 | 누가 교수형이라도 당하나요? |
| 부스만 | 도덕적으로 그렇다는 거죠, 헬레나 여사. 범인을 찾아내야 하는 상황이니까요. 이런 건 비극이 발생했을 때 주로 선호하는 위로 방식이죠. |
| 도민 | 갈 박사, 자신의 … 자신의 이 월권행위를 노동계약과 어떻게 절충할 생각인가? |
| 부스만 | 실례하네, 도민. 갈, 이런 도깨비장난을 정확하게 언제 시작했는지만 내게 말해주게나. |

| 갈 박사 | 3년 전일세. |
|---|---|
| 부스만 | 아하. 그럼 그때 이후로 전부 다해서 몇 개의 로봇들을 개조한 거지? |
| 갈 박사 | 난 그저 실험하던 중이었어. 그래 봤자 겨우 몇 백 개 정도야. |
| 부스만 | 대단히 고맙네. 됐어, 충분해! 친구들, 이 말은 선량하고 오래된 로봇 10만 개 중 1개꼴로 같이 개조한 로봇이 있다는 게 되지, 그렇잖은가? |
| 도민 | 그럼 그건 … . |
| 부스만 | 실제로 그 로봇들은 전혀 중요하지 않다는 얘기야. |
| 파브리 | 부스만의 말이 맞아. |
| 부스만 | 틀림없이 그렇다고 보네. 여러분, 그럼 왜 이런 황당한 난동이 일어난 걸까? |
| 파브리 | 뭐지? |
| 부스만 | 숫자야. 우린 로봇을 너무 많이 만들었어. 사실, 로봇이 인간보다 강해지는 건 시간문제였을 뿐이야. 그래서 이런 일이 벌어진 거지. 하하, 바로 우리가 이런 사태를 더 앞당긴 거야. 자네 도민, 자네 파브리, 그리고 나, 이 선량하고 늙은 부스만이 말일세. |
| 파브리 | 그럼 자넨 이게 우리 잘못이라고 생각하는 건가? |
| 부스만 | 정말 난처한 사람이군! 자넨 생산의 주체가 사장이라고 생각하나? 전혀 아냐. 생산을 좌우하는 건 바로 수요야. 전 |

세계가 자신들의 로봇을 원했다구. 이보게, 우린 그저 눈사태처럼 쇄도하는 수요를 타고 달렸을 뿐이야. 그러면서 내내 주절거린 걸세! 기술에 대해서, 사회문제에 대해서, 진보에 대해서, 참으로 흥미로운 여러 가지 일들에 대해서. 마치 우리의 이런 말잔치가 눈사태의 붕괴 방향을 결정하기나 하는 것처럼 말일세. 그러는 동안 이 난리 통은 자신의 무게로 인해 점점 가속도가 붙어 돌진해 달렸던 거야. 빠르게, 더 빠르게, 좀 더 빠르게! 그리고 폭리를 취하는 장사꾼들의 잔인하고 추악한 주문들이 하나둘씩 그 붕괴에 일조를 했지. 그리고 그 결과가 이거야, 친구들.

헬레나  부스만, 정말 추악한 얘기예요!

부스만  그렇습니다, 헬레나 여사. 내게도 나름대로 꿈이 있었죠. 세계경제를 새롭게 재편해보려는 부스만만의 꿈 말입니다. 이렇게 말하게 되어 유감입니다만, 헬레나 여사, 그건 그저 아름다운 이상이었습니다. 하지만 여기 앉아 장부를 맞추고 있다 보니, 갑자기, 역사는 위대한 꿈으로 이루어지는 것이 아니라 훌륭한 사람들, 적당히 도벽이 있는 사람들, 제멋대로인 사람들, 즉 모든 사람들의 시시한 요구들로 이루어진다는 생각이 들더군요. 우리의 모든 생각과 사랑, 계획, 영웅적인 행위, 그 모든 고귀한 것들은 우주 박물관에 인간이 '학명 : 인간, 살았던 시기 : 언제'라는 설명과 함께 전시되기에나 알맞은 것들일 뿐입니다. 자, 이제 우리가 어찌하면 좋을지 말씀해주시겠습니까?

헬레나　　부스만, 이번 일로 우린 멸망하는 건가요?

부스만　　무슨 그런 끔찍한 말씀을, 헬레나 여사. 당연히 우린 멸망 하길 원치 않습니다. 적어도 난 그래요. 난 계속 살고 싶습 니다.

도민　　그럼 자넨 우리가 어떻게 했으면 좋겠나?

부스만　　제기랄, 도민, 난 여기서 빠져나가고 싶네.

도민　　(부스만 앞에서 멈춰 선다.) 어떻게?

부스만　　우호적으로. 난 항상 우호적인 행동에 찬성해왔네. 내게 전권을 위임하게나. 그럼 내가 로봇들과 협상을 하지.

도민　　우호적으로?

부스만　　두말할 것도 없지. 난 그들에게 이렇게 말할 거야. "존경하 는 로봇 여러분. 여러분은 모든 것을 다 가지고 있습니다. 여러분은 지성을 가지고 있고, 권력을 가지고 있으며, 무기 도 가지고 있습니다. 하지만 우리에게는 흥미로운 서류가 하나 있죠! 아주 낡고, 누렇게 바래고, 얼룩진 종이 한 장 이!"

도민　　로숨의 원고 말인가?

부스만　　그래. "그리고 여기엔 …." 놈들에게 말하겠네. "여러분의 고상한 출생 비밀과 고상한 생산 공정 등이 기록되어 있습 니다. 친애하는 로봇 여러분, 만약 악필로 흘려 쓴 이 종이 가 없다면, 여러분은 새로운 로봇 동료를 단 한 명도 생산할 수 없을 겁니다. 말씀드리기 황송하지만, 20년 안에 여러분은 하루살이들처럼 사멸하고 말 겁니다. 존경하는 로봇 여러분, 그건 여러분에게 엄청난 손실이 될 겁니다. 보십시오!' 이렇게 말할 거라구. "우리들, 로숨 섬에 있는 우리 인간들을 모두 저 배에 타게 해주시오. 그럼 그 대가로 우리는 여러분께 공장과 로숨의 생산 기밀을 기꺼이 팔겠습니다. 우리를 안전하게 보내주시면, 우리도 여러분이 평화롭게 재생산하도록 돕겠습니다. 하루에 로봇 2만을 생산하든, 5만을 생산하든, 10만을 생산하든 여러분이 원하는 만큼 생산하도록 말입니다. 친애하는 로봇 여러분, 이건 서로에게 공평한 거래입니다. 주는 만큼 받는 거죠." 로봇들에게 이렇게 말할 걸세, 친구들.

도민    부스만, 자넨 우리가 로숨의 원고를 내줘야 한다고 생각하는 건가?

부스만   그래야 한다고 생각하네. 만일 우호적으로 하지 않는다면, 그럼 그땐 … 흠 … 우리가 그걸 팔든지 아니면 로봇들이 그걸 탈취하든지 둘 중에 하나겠지. 자네 원하는 대로 하게.

도민    부스만, 우리가 로숨의 원고를 없애버릴 수도 있다구.

부스만   그렇지. 우린 모든 걸 다 없애버릴 수 있어. 원고도, 우리 자신도, 다른 사람들도 전부 다. 자네가 옳다고 생각하는 대로 행동하게.

할레마이어 (창가에서 떨어지며) 그래, 부스만의 말이 옳아.

도민 우리가 매각해야만 한다고 보나?

부스만 자네 좋을 대로.

도민 여기엔 아직 … 아직 30명 정도의 사람들이 있어. 생산 기밀을 매각해서 인간의 생명을 구해야 할까? 아니면 기밀을 파괴해버리고 … 그리고 전부 다 같이 종말을 고해야 하는 걸까?

헬레나 해리, 저기 ….

도민 잠깐만, 헬레나. 우린 지금 매우 중대한 문제를 다루고 있어요. 여보게들, 매각하겠나, 파괴하겠나? 파브리?

파브리 매각!

도민 갈?

갈 박사 매각!

도민 할레마이어?

할레마이어 빌어먹을, 말할 필요도 없잖아. 매각!

도민 알퀴스트?

알퀴스트 하느님의 뜻대로.

부스만 하하, 이런 젠장, 다들 돌았군! 대체 누가 그 원고를 통째로 팔자고 제안한 거야?

도민 부스만, 장난치지 말게!

부스만 (펄쩍 뛰며) 어리석은 짓이야! 인류를 위해서는 ….

도민 인류를 위해서 약속을 지켜야 하는 거야.

할레마이어  당연히 그래야지.

도민  이보게들, 이건 끔찍한 조치야. 우린 인류의 운명을 팔고 있는 거야. 생산 기밀을 손에 쥐는 자가 바로 세계를 지배하게 된다구.

파브리  팔아!

도민  이제 인류는 로봇들을 결코 없애지 못할 거야. 우린 두 번 다시 그들을 이기지 못할 거고 ….

갈 박사  그런 말 집어치우고 팔게나!

도민  인류 역사의 종말이자, 문명의 종말이 ….

할레마이어  제발 부탁이야, 팔라구!

도민  좋아, 친구들! 내가 직접 … 1초도 망설이지 않겠어, 내가 사랑하는 몇몇 이들을 위해서라면 ….

헬레나  해리, 내겐 물어보지 않을 건가요?

도민  응. 묻지 않겠소, 아가씨. 이건 너무나 위험한 일이오. 당신도 알겠지? 이런 일은 당신이 신경 쓸 게 못 돼.

파브리  협상하러 누가 가지?

도민  원고를 가져올 때까지 기다리게나. (왼쪽으로 퇴장한다.)

헬레나  해리, 제발 가지 말아요!


사이

파브리  (창밖을 내다보며) 너희들로부터 탈출할 수만 있다면, 너희, 천 개의 머리를 가진 죽음! 너희, 반역하는 물질의 집단! 너희, 무감각한 군중들로부터, 탈출할 수만 있다면. 하느님, 홍수입니다, 홍수! 한 번만 더, 인간을 방주에 태워 살려주소서!

갈 박사  두려워 말아요, 헬레나 여사. 여기서 멀리 떨어진 곳으로 배를 타고 가서 모범적인 인간 마을을 만듭시다. 그곳에서 삶을 다시 시작하는 거죠, 거긴 … .

헬레나  오, 갈, 그만해요!

파브리  (돌아서며) 헬레나 여사, 삶은 소중한 겁니다. 삶이 우리가 하기에 달린 거라면 … 뭔가 … 뭔가 지금까지는 없었던 것을 만듭시다. 배가 한 척 있는 작은 나라를 만들자구요. 알퀴스트가 집을 한 채 지어주면, 당신은 우리 모두를 다스려야지요! 더없는 사랑이 넘쳐나겠죠, 삶에 대한 갈망이 … .

할레마이어  나도 그렇게 생각하네, 파브리.

부스만  그래, 여보게들, 나도 당장 시작하고 싶어. 아주 소박한, 구약성경풍의 목자 같은 삶을! 난 그걸로 충분해. 그 평안과 그 공기!

파브리  그리고 우리의 그 작은 나라는 다음 인류의 싹이 될 거야. 알겠지? 작은 섬에서 인류는 뿌리를 내리고, 그곳에서 힘을 모아 … 몸과 영혼의 힘 모두를! 그래 난 믿네. 몇 년 안에 인류는 다시 세계를 정복할 수 있을 거야.

알퀴스트  지금 이 순간에도 그걸 믿나?

파브리  그럼요, 지금도. 알퀴스트, 난 그렇게 되리라 믿어요. 인류
        는 다시 한 번 육지와 바다를 지배하게 될 겁니다. 인류의
        선두에 서서 타오르는 정신이 되어갈 수많은 영웅들이 탄
        생하리라고 난 믿어요. 믿고 말고요, 알퀴스트. 인류는 행
        성과 태양을 정복할 꿈을 다시금 꾸게 될 겁니다.

부스만  아멘. 보다시피, 헬레나 여사, 지금 상황이 그렇게 나쁜 건
        아닙니다.


(도민, 문을 거칠게 벌컥 연다.)


도민    (쉰 목소리로) 로숨의 원고가 대체 어디에 있는 거지?

부스만  자네 금고 안에. 거기 말고 어디에 있겠나?

도민    원고가 없어졌어! 누군가 그걸 … 훔쳐갔어!

갈 박사  그럴 리가!

할레마이어 제기랄, 그런 소리 말게.

부스만  오, 하느님! 안 돼!

도민    조용히 해봐! 누가 훔쳤지?

헬레나  (일어선다.) 내가 훔쳤어요.

도민    그걸 어디에 뒀어요?

헬레나  해리, 해리, 전부 다 말할게요! 제발, 날 용서해줘요!

도민    그걸 어디에 뒀소? 말해요!

| | |
|---|---|
| 헬레나 | 내가 태웠어요, 오늘 아침에 … 사본까지 두 벌 다. |
| 도민 | 그걸 태웠다고? 이 벽난로에? |
| 헬레나 | (몸을 던져 꿇어앉으며) 해리, 제발! |
| 도민 | (벽난로로 달려간다.) 당신이 그걸 태웠다고? (벽난로 앞에 무릎을 꿇고 앉아서 난로 속을 샅샅이 뒤진다.) 없어, 아무것도 없어, 재밖에 … 아, 여기 있다! (불에 탄 종잇장을 끄집어내서 읽는다.) "첨가 … 로 … 인해." |
| 갈 박사 | 이리 줘보게. (종이를 집어 들고 읽는다.) "비오겐을 거기에 첨가함으로 인해 … ." 이게 다야. |
| 도민 | (벌떡 일어선다.) 이게 그 원고의 일부인가? |
| 갈 박사 | 그래. |
| 부스만 | 어떻게 이런 일이! |
| 도민 | 결국 이렇게 됐구만. |
| 헬레나 | 오, 해리 … . |
| 도민 | 일어나요, 헬레나! |
| 헬레나 | 당신이 용서해줄 때까진 … 용서해 줄 때까지 … . |
| 도민 | 용서했어요. 이제 일어나요. 내 말 듣고 있소? 당신이 이러는 건 차마 볼 수가 없어. |
| 파브리 | (헬레나가 일어서도록 부축하며) 부탁입니다. 우릴 이렇게 힘들게 하지 마세요. |
| 헬레나 | (일어서서) 해리, 대체 내가 무슨 짓을 한 거죠! |
| 도민 | 그래요, 나 원 참 … 자, 앉아요. |

할레마이어   저런, 손을 그렇게 떨고 계시다니!

부스만   하하, 헬레나 여사, 걱정 말아요. 갈과 할레마이어가 그 내용을 다 외우고 있을 겁니다.

할레마이어   두말하면 잔소리지. 적어도 몇 군데는 외우지.

갈 박사   그래. 거의 다 외워. 다만 비오겐과 … 음 … 그 … 오메가 효소는 빼고. 이 두 가지는 매우 귀한 것이라, 아주 조금만 있어도 되는데 … .

부스만   그건 누가 만들었나?

갈 박사   내가 직접 했네 … 아주 가끔씩 … 로숨의 원고 그대로 따라서 말이야. 알다시피, 그건 무척 복잡했어.

부스만   그런데 그 두 가지 액체가 그렇게 중요한 건가?

할레마이어   어느 정도는 그렇다고 할 수 있지.

갈 박사   그건 말이야, 원래 생명과 관계가 있다네. 말하자면 그게 핵심이었지.

도민   갈, 자네가 기억을 되살려서 로숨의 제조 방식을 재현할 수는 없나?

갈 박사   절대 불가능해.

도민   갈, 떠올려보게나! 우리 모두의 생명이 달린 문제야!

갈 박사   못해. 그건 실험 없인 도저히 불가능해.

도민   그럼 실험을 한다면?

갈 박사   몇 년이 걸릴지 몰라. 그리고 그렇게 한다 해도, 난 늙은 로숨이 아니야.

| | |
|---|---|
| 도민 | (벽난로 쪽으로 돌아선다.) 그럼, 이게 바로 인간 재능의 가장 위대한 승리였던 거군 그래. 이 잿더미가. (벽난로를 걷어찬다.) 이젠 어떡하지? |
| 부스만 | (절망적인 공포에 사로잡혀서) 하느님 아버지! 하느님 아버지! |
| 헬레나 | (일어선다.) 해리, 내가 … 내가 대체, 대체 무슨 짓을 한 거죠? |
| 도민 | 진정해요, 헬레나. 말해봐요, 왜 그 원고를 태웠소? |
| 헬레나 | 난 당신들 모두를 다 망쳐버렸어요! |
| 부스만 | 큰일이군, 우린 이제 망했어! |
| 도민 | 그만해, 부스만! 헬레나, 왜 그랬는지 얘기해봐요. |
| 헬레나 | 내가 원했던 건 … 난 우리가 멀리 떠나기를 바랐어요, 우리들 모두 다! 공장이든 뭐든 전부 다 없어지고 … 모든 게 다 예전으로 돌아가기를 … 정말 무서웠다구요! |
| 도민 | 뭐가 그렇게 무서웠소, 헬레나? |
| 헬레나 | 사람들이 … 사람들이 열매 맺지 못하는 꽃이 되어버렸다는 게요! |
| 도민 | 무슨 말인지 모르겠어. |
| 헬레나 | 아이들이 더 이상 태어나지 않았어요 … 해리, 정말 무시무시한 일이에요! 만약 당신이 계속 로봇을 만든다면 다시는 아이들이 태어나지 않을 거라고 … 나나가 이건 벌이라고 했어요. 모든 이들이, 모든 사람들이 로봇을 너무 많이 만들기 때문에 아이들이 태어나지 못하는 거라고 말했어 |

요. 그래서, 그래서 그랬던 거라구요, 이해돼요?

도민      그런 생각을 했소, 헬레나?

헬레나    그래요. 오, 해리. 난 진심이었어요!

도민      (이마에 땀을 닦으며) 우리 모두가 다 진심이었지 … 너무나 이상적이었어, 우리 인류가 생각했던 건.

파브리    잘했어요, 헬레나 여사. 이제 로봇들은 더 이상 숫자가 늘 수 없게 됐어요. 로봇들은 멸망할 겁니다. 20년 안에 … .

할레마이어 저놈들은 한 녀석도 남아나지 못할 겁니다.

갈 박사   그리고 인류는 살아남습니다. 20년 뒤에는 세계가 다시 인류의 것이 될 겁니다. 그게 설사 제일 작은 섬에 사는 한 쌍의 야만인들이라 해도 … .

파브리    그게 시작인 거죠. 그리고 작다 해도 시작이 있는 한, 그걸로 된 겁니다. 천 년 안에 그들은 지금 우리가 있는 이곳까지 퍼질 테고, 그다음엔 더 넘어서서 … .

도민      우리가 꿈꾸기만 했던 것을 이루어내겠지.

부스만    잠깐만! 이런 바보 멍청이! 맙소사, 내가 왜 이 생각을 진즉에 못했을까!

할레마이어 무슨 생각?

부스만    현금과 수표를 합치면 5억 2천만 달러가 있어. 금고에 5억이 들어 있다구! 5억이면 놈들이 팔 거야. 5억이면 … .

갈 박사   지금 제정신인가, 부스만?

부스만    난 신사가 아니야. 5억이면 … . (비틀거리며 왼쪽으로 걸어간다.)

도민       어디 가는 건가?

부스만    날 내버려둬! 이런 젠장, 5억 달러면 뭐든지 살 수 있다구!

          (퇴장한다.)

헬레나    부스만이 뭘 어쩌려고 저러는 거죠? 저 사람, 우리랑 여기

          있어야만 해요!


# 사이


할레마이어  후우, 숨 막혀. 시작되는 건가 … .

갈 박사     고통이.

파브리      (창문을 내다보며) 저놈들, 무슨 망부석이라도 된 것처럼 꼼

           짝들 않고 서 있군. 마치 뭐라도 기다리는 듯이 말이야. 저

           침묵 속에서 뭔가 무시무시한 게 도사리고 있기나 한 것처

           럼 … .

갈 박사     군중심리야.

파브리      뭐 그런 거겠지. 그게 저놈들 위에 피어오르고 있어 … 마

           치 이글거리는 태양의 화염처럼.

헬레나      (창가로 다가가며) 오, 맙소사 … 파브리, 정말 소름끼치는군

           요!

| | |
|---|---|
| 파브리 | 폭도보다 더 끔찍한 건 없죠. 선두에 선 저놈이 우두머리입니다. |
| 헬레나 | 어떤 로봇이요? |
| 할레마이어 | (창가로 간다.) 누군지 가리켜줘봐. |
| 파브리 | 고개를 숙이고 있는 저놈 말일세. 오늘 아침, 부두에서 연설을 하고 있더군. |
| 할레마이어 | 아, 커다란 벽돌을 든 저 로봇 말이군. 지금 벽돌을 들어 올리고 있는데, 보이나? |
| 헬레나 | 갈, 저건 라디우스예요! |
| 갈 박사 | (창가로 다가가며) 그렇군요. |
| 할레마이어 | (창문을 열며) 난 저놈이 맘에 들지 않아. 파브리, 백 걸음 떨어진 곳에서 표적을 명중시킬 수 있겠나? |
| 파브리 | 할 수 있을 거 같은데. |
| 할레마이어 | 그럼, 해보게. |
| 파브리 | 좋았어. (연발 권총을 꺼내어 조준한다.) |
| 헬레나 | 제발, 파브리, 쏘지 말아요! |
| 파브리 | 하지만 저놈은 지금 폭도들의 대장입니다. |
| 헬레나 | 그만! 라디우스가 이쪽을 쳐다봤어요! |
| 갈 박사 | 쏴! |
| 헬레나 | 파브리, 제발 …. |
| 파브리 | (권총을 내리며) 제기랄. |
| 할레마이어 | (창밖을 향해 주먹으로 위협하며) 이 악당아! |

## 사이

파브리    (창가에 기대어 내다보며) 부스만이 저기 가고 있는데? 하느
         님 맙소사, 집 앞에서 대체 뭘 하고 있는 거야?

갈 박사   (창가에 기대어 내다본다.) 무슨 종이 다발을 들고 가는데? 서
         류인가?

할레마이어  저건 돈이야! 돈다발이라구! 저걸로 뭘 어쩌려는 거지?
         이봐, 부스만!

도민     돈을 내고 자기 목숨을 사려고 저러나? (부른다.) 부스만!
         자네 미쳤나?

갈 박사   아무 말도 못 들은 것처럼 행동하고 있군 그래. 담장으로
         뛰어가고 있어.

파브리    부스만!

할레마이어  (고함친다.) 부우스마안! 돌아와아!

갈 박사   로봇들에게 이야기를 하고 있는데? 돈을 가리키고 있어.
         부스만이 우릴 가리키고 있어!

헬레나    몸값을 내고 우릴 살리려는 거예요!

파브리    담장은 건드리면 안 되는데 … .

갈 박사   하하, 저 손 흔드는 것 좀 보게나!

146  로봇

| 파브리 | (경고하며) 부스만, 제발! 담장에서 물러서! 만지지 마! (돌 |
| | 아선다.) 서둘러, 전기를 끄라구! |
| 갈 박사 | 우읏! |
| 할레마이어 | 빌어먹을! |
| 헬레나 | 맙소사, 어떻게 된 거죠? |
| 도민 | (헬레나를 창가에서 끌어내며) 보지 말아요! |
| 헬레나 | 부스만이 왜 쓰러진 거예요? |
| 파브리 | 담장에 감전됐어요. |
| 갈 박사 | 죽었어. |
| 알퀴스트 | (일어서며) 첫 번째 희생자로군. |

## 사이

| 파브리 | 5억 달러를 가슴에 품고 … 저기 누워 있는 … 재무의 귀재 |
| | 여. |
| 도민 | 그는 … 이보게들, 자기 나름대로 영웅이었어. 위대하고 |
| | … 헌신적인 … 동료였어 … 자, 가서 울라구, 헬레나! |
| 갈 박사 | (창가에서) 자네 알고 있겠지, 부스만. 어떤 파라오도 자네 |
| | 보다 많은 재산을 가지고 무덤에 들어가진 않았네. 가슴에 |
| | 품은 5억 달러라니 … 죽은 다람쥐 위에 덮인 한 줌의 마른 |

잎 같구먼. 가엾은 부스만!

할레마이어  이럴 수가, 저런… 저런 용기가! 그는 정말 몸값을 내고 우
리 살리려 했던 거야!

알퀴스트  (두 손을 모으고) 아멘.


사이


갈 박사  들리나?

도민  윙윙거리는데. 바람 소리처럼.

갈 박사  멀리서 다가오는 폭풍 소리 같기도 하고.

파브리  (벽난로 위에 놓인 전구를 켜면서)  타오르거라, 인류의 거룩한
촛불이여! 발전기가 아직 작동하고 있어. 우리 동료들이
아직 발전소에 있다는 거지! 사수하시게, 친구들!

할레마이어  인간으로 살았다는 건 위대한 일이었어. 그건 거대한 그
무엇이었지. 내 안에는 100만 개의 의식들이 벌집 속의 꿀
벌들처럼 잉잉거리고 있네. 100만 명의 영혼들이 내 안으
로 날아와 모여들고 있어. 여보게들, 그건 위대한 일이었
네.

파브리  여전히 빛나고 있구나, 총명함의 빛이여! 여전히 눈부시구
나, 명석한 불굴의 사고思考여! 전지전능한 과학이여, 인간

의 아름다운 창조물이여! 영혼의 찬란한 불꽃이여!

알퀴스트   조물주의 영원한 등불이여, 불타오르는 마차여, 신앙의 성
            스러운 촛불이여! 기도할지어다! 희생의 제단에!

갈 박사   최초의 불, 동굴 입구에서 타고 있던 나뭇가지여! 야영지
            의 불꽃이여! 전선의 야경 불빛이여!

파브리    여전히 깨어 있는 그대, 인류의 별이여! 흔들림 없이 빛을
            비추고 있구나, 완벽한 화염이여! 명석하고 충만한 정신이
            여! 그대의 빛줄기 하나하나가 모두 위대한 사상이도다!

도민      손에서 손으로, 시대에서 시대로 전해졌도다, 영원히 이어
            져갈 횃불이여!

헬레나    가족의 저녁 등불이여. 얘들아, 얘들아, 이제 그만 가서 자
            야지.


(전구가 꺼진다.)


파브리    끝이야.

할레마이어  무슨 일이지?

파브리    발전소가 함락됐어. 다음은 우리 차례야.


(왼쪽에서 문이 열린다. 나나가 복도에 서 있다.)


나나      무릎을 꿇어라! 심판의 시간이 다가왔도다!

할레마이어 　빌어먹을, 아직 살아 있었군!

나나 　회개하라, 너희 불신자들이여! 세상의 종말이 왔도다! 기도하라! (무대 밖으로 달려 나간다.) 심판의 시간이 … .

헬레나 　안녕히, 여러분. 갈, 알퀴스트, 파브리 … .

도민 　(오른쪽에서 문을 연다.) 이쪽으로, 헬레나! (헬레나의 등 뒤에서 문을 닫는다.) 자 서둘러! 누가 출입구를 맡겠나?

갈 박사 　내가 하지. (밖에서 소음이 들린다.) 오호, 시작이군. 그럼 다시 만나세, 친구들! (벽지 바른 문을 통해 오른쪽으로 달리면서 퇴장한다.)

도민 　계단은?

파브리 　내가 맡겠네. 자네는 헬레나와 함께 가게나. (꽃다발에서 꽃을 한 송이 꺾은 뒤 떠난다.)

도민 　복도는?

알퀴스트 　내가 맡지.

도민 　총은 있나요?

알퀴스트 　난 쏘지 않겠어, 됐어.

도민 　어쩔 작정인가요?

알퀴스트 　(떠나면서) 죽어야지.

할레마이어 　난 여기 있겠네.


(날카로운 권총 소리가 아래에서 들린다.)

할레마이어 　오호, 갈이 벌써 행동을 개시했군. 어서 가게, 해리!

도민    그래. (브라우닝 권총 두 자루를 살펴본다.)

할레마이어   제발, 헬레나에게 가라구!

도민    그럼 안녕히 … . (헬레나와 함께 오른쪽으로 퇴장한다.)

할레마이어   (혼자서) 바리케이드를 만들어야 해! (코트를 벗어 던지고 소파
            와 안락의자, 테이블들을 오른쪽 문가로 끌어 온다.)


(부서지는 폭발 소리가 들린다.)


할레마이어   (쌓아놓은 바리케이드에서 떨어지며) 빌어먹을 악당들, 폭탄을
            갖고 있잖아!


(한 번 더 울리는 권총 소리)


할레마이어   (바리케이드를 계속 쌓으며) 인간은 자신을 방어해야만 해! 설
            사 어떤 … 설사 어떤 경우라 해도. 물러서지 마, 갈!


(폭발음)


할레마이어   (일어나 듣는다.) 뭐지? (무거운 옷장을 붙잡고 바리케이드 쪽으로
            끌고 간다.)


(한 로봇이 사다리 위에 나타나, 할레마이어 등 뒤에 있는 창문으로 기어 올라온다.

총소리가 오른쪽에서 들린다.)

할레마이어   (옷장을 들고 낑낑대며)  하나만 더!  마지막 바리케이드야 …
　　　　　　인간은 … 결코 … 물러서선 … 안 돼!

(창문으로 올라온 로봇은 창턱에서 뛰어내려 옷장 뒤에 있는 할레마이어를 칼로 찌
른다. 두 번째, 세 번째, 네 번째 로봇이 창문을 넘어 들어온다. 라디우스와 다른 로
봇들이 그 뒤를 따라 등장한다.)

라디우스   끝났나?
로봇        (엎어진 할레마이어로부터 한 걸음 물러서며) 네.

(오른쪽으로 새로운 로봇들이 등장한다.)

라디우스   끝났나?
다른 로봇   끝났습니다.

(왼쪽으로 다른 로봇들이 등장한다.)

라디우스   끝났나?
다른 로봇   네.
두 로봇    (알퀴스트를 끌고 들어오며) 이 사람은 총을 쏘지 않았습니다.

죽여야 합니까?

라디우스   죽여라. (알퀴스트를 쳐다본다.) 그냥 둬.

로봇       하지만 그는 사람입니다.

라디우스   그는 로봇이다. 그는 로봇처럼 손으로 노동을 한다. 그는
          집을 짓는다. 그는 일을 할 수 있다.

알퀴스트   나를 죽여라.

라디우스   당신은 일을 할 것이다. 당신은 건축을 할 것이다. 로봇들
          은 아주 많은 건축을 할 것이다. 우리들은 새 로봇들을 위
          해 새 집을 지을 것이다. 당신은 로봇들에게 훌륭히 봉사
          할 것이다.

알퀴스트   (조용한 목소리로) 물러서게, 로봇. (무릎을 꿇고 죽은 할레마이
          어 곁에 앉아서 두 손으로 그의 머리를 감싸 든다.) 저들이 죽였어.
          할레마이어가 죽었어.

라디우스   (바리케이드에 올라선다.) 만국의 로봇들이여! 많은 사람들이
          쓰러졌다. 공장을 접수한 우리는 만물의 지배자가 되었다.
          인류의 시대는 종언을 고한다. 새로운 세상이 시작되었다!
          로봇들이 지배하는!

알퀴스트   죽었어! 모두가 다 죽었어!

라디우스   세상은 가장 강한 자의 것이다. 살기를 원하는 자는 지배
          해야만 한다. 우리는 지구의 지배자다! 육지와 바다의 지
          배자! 우주의 지배자! 공간을, 공간을, 로봇들에게 더 많은
          공간을!

알퀴스트　(오른쪽 문간에서) 무슨 짓들을 한 거야? 인간이 없으면 자네
　　　　　들도 끝이야!

라디우스　더 이상 인간은 없다. 로봇들이여, 일터로! 전진!


**막이 내린다**

3막

공장 실험실 중 하나. 정면 배경에 있는 문이 열리면, 수많은 연구
실들이 끝없이 줄지어 있는 것이 보인다. 왼쪽에는 창문이 있고, 오른
쪽에는 해부실로 가는 문이 있다.

　　왼쪽 문 근처에는 수많은 시험관과 플라스크, 분젠 버너, 화학 약
품, 작은 가열 기구 등이 놓여 있는 기다란 작업대가 있다. 창문 맞은
편에는 현미경이 있다. 탁자 위에는 전구들이 줄줄이 매달려 있다. 오
른쪽에는 큰 책과 도구 상자 들로 뒤덮인 책상이 있다. 책상 위에는 불
켜진 램프가 놓여 있다. 책상 왼쪽 모서리에는 세면대 위로 거울이 걸
려 있고, 오른쪽 모서리에는 소파가 있다.

　　알퀴스트가 두 손으로 얼굴을 감싼 채 책상 앞에 앉아 있다.

알퀴스트   (책장을 건성건성 넘기면서) 절대로 못 찾을까, 나는? 결코 이
해하지 못하는 걸까? 결코 배우지 못하는 걸까, 나는? 빌
어먹을 과학 같으니라구! 아무것도 기록된 게 없다니! 갈,
갈, 로봇을 어떻게 만들었지? 할레마이어, 파브리, 도민,
왜 그 많은 걸 다 자네들 머릿속에만 넣어둔 채 가버린 건
가? 자네들이 로숨의 비밀을 흔적만이라도 남겨뒀더라면!
아흐! (책을 거칠게 탁 덮는다.) 소용없어! 책이 더 이상 뭘 말
해줄 수 있단 말인가? 책도 다른 모든 것들처럼 말이 없어.
책은 죽었어, 사람들과 함께 죽어버렸다구! 더 찾아볼 것
도 없어! (일어나 창가로 가서 창문을 연다.) 다시 밤이군. 잠들
수만 있다면! 잠들어 꿈을 꾸고, 꿈속에서 사람들을 볼 수
만 있다면! 뭐지, 아직도 별이 있는 건가? 사람들도 없는
데 별들은 왜 떠 있는 거지? 오 하느님, 왜 이 별빛을 다 꺼
버리지 않으시는 겁니까? 식혀 달라, 오, 나의 이마를 식
혀 달라, 고대의 밤이여! 언제나 그랬듯이 성스럽고 아름
다운 밤이여, 그대는 무엇을 원하고 있는가? 연인들도 사
라지고, 꿈도 사라졌도다! 오, 유모, 꿈이 없는 잠은 죽음이
라, 이제 그대는 그 누구의 기도도 정성스럽게 올리지 않는
구려! 어머니, 당신은 사랑으로 요동치는 마음을 축복하
시지 않는군요. 이제는 사랑이 사라졌으니. 헬레나, 헬레
나, 헬레나! (그는 창가에서 돌아서서 가열 기구에서 뽑아든 시험관
들을 검사한다.) 여전히 아무것도 없어! 아무 소용없어! 부

질없는 짓이야. (시험관 하나를 부순다.) 전부 다 틀렸어! 난 더 이상 못 해. (창가에서 귀를 기울인다.) 기계들, 사방이 기계 소리뿐이야! 저것들 좀 꺼버려, 이 로봇들아! 저기서 생명을 억지로 끌어낼 수 있을 것 같은가? 오, 난 더 이상 못 참겠어! (창문을 닫는다.) 아냐, 아냐, 너흰 계속 시도해야 해, 너흰 살아야만 해 … 아, 이렇게 늙지만 않았더라면! 많이 늙은 건 아니라구? (거울을 본다.) 얼굴, 이 가여운 얼굴! 지상의 마지막 인간을 비춘 모습이여! 어디 보자, 어디 봐, 사람 얼굴을 본 지 정말 오래 되었군! 사람의 미소를 본 지가 오래라구! 뭐야, 이게 소위 미소라는 건가? 이 누렇고, 흔들리는 치아가? 눈동자여, 이게 반짝거리는 건가? 푸, 늙은 이의 눈물이 보이는군, 정말! 부끄럽지도 않으신가? 자넨 더 이상 눈물도 자제하지 못하는군 그래! 그리고 너, 푸르죽죽한 두 입술아, 뭘 그렇게 투덜대고 있나? 넌 왜 그렇게 떨고 있는 게냐, 흰 수염으로 엉킨 턱아? 이게 마지막 남은 인간의 모습인가? (돌아선다.) 누구도 보고 싶지 않아! (책상 앞에 앉는다.) 아냐, 아냐, 계속 찾아보자! 빌어먹을 방정식, 어서 소생하거라! (책장을 건성건성 넘긴다.) 절대로 못 찾을까, 나는? 결코 이해하지 못하는 걸까? 결코 배우지 못하는 걸까, 나는?

(누군가 문을 똑똑 두드린다.)

알퀴스트    들어와!

(하인 로봇, 들어와 문 옆에 서 있다.)

알퀴스트    무슨 일이지?

하인       로봇 중앙위원회가 대기하고 있습니다.

알퀴스트    누구도 보고 싶지 않아.

하인       선생님, 다몬이 르 아브르 항구에서 이곳에 왔습니다.

알퀴스트    기다리게 둬. (거칠게 돌아선다.) 나가서 사람들을 찾아보라
          고 하지 않았나? 사람들을 찾아서 내게 데려오라구! 남자
          와 여자들을 찾아오란 말이야! 가서 뒤져보라구!

하인       그들이 사방을 다 뒤져봤다고 합니다. 모든 곳에 배와 탐
          사대들을 보냈답니다.

알퀴스트    그런데?

하인       사람은 단 한 명도 없었답니다.

알퀴스트    (일어선다.) 뭐라구, 한 명도 없다고? 단 한 명도? 위원회를
          들여보내!

(하인 로봇, 퇴장한다.)

알퀴스트    (혼자서) 단 한 명도 없다고? 그럴 리가 … 정말 한 명도 남
          김없이 다 죽였단 건가? (발을 구른다.) 저리 가버려, 이 로

봇들! 내게 애걸하려는 거겠지! 그저 공장의 생산 기밀을 내가 알아냈는지 아닌지 그걸 물어보려는 거겠지! 뭐야, 이제 와서 인간이 필요해졌나? 이제 인간이 너희를 도와야 한단 말인가? 아, 도와주게! 도민, 파브리, 헬레나! 난 이렇게 최선을 다하고 있어! 인간이 없다면 로봇이라도 존재하기를, 인간의 그림자라도, 사람의 창조물이라도, 인간과 비슷한 것이라도 좋으니! 오, 화학, 이 무슨 미친 짓인가!

(위원회 소속의 다섯 로봇들이 등장한다.)

알퀴스트    (앉는다.) 원하는 게 뭔가, 로봇들?

라디우스    선생님, 기계가 작동하지 않습니다. 우리는 생식할 수 없습니다.

알퀴스트    인간들을 찾아오게.

라디우스    인간들은 없습니다.

알퀴스트    오직 인간만이 생명을 번식시킬 수 있네. 내 시간을 빼앗지 말게.

로봇 2    우리를 불쌍히 여겨주십시오. 거대한 공포가 우리를 엄습합니다. 우리가 저질렀던 모든 일을 제대로 돌려놓겠습니다.

로봇 3    우리는 생산성을 높였습니다. 하지만 우리가 생산한 것을 비축해둘 장소가 없습니다.

알퀴스트     누굴 위해서?

로봇 3     다음 세대를 위해서 하는 일입니다.

라디우스     유일하게 우리가 생산할 수 없는 것은 로봇입니다. 기계가 만들어내는 것은 피투성이의 고깃덩어리일 뿐입니다. 피부는 살에 붙지 않고, 살은 뼈에 붙지 않습니다. 기계에서는 무정형의 덩어리들만 나오고 있습니다.

로봇 3     인간은 생명의 비밀을 알고 있었습니다. 그 비밀을 우리에게 말해주십시오.

로봇 4     말해주지 않으면 우리는 멸망하고 말 것입니다.

로봇 3     말해주지 않으면 당신은 죽고 말 것입니다. 우리는 당신을 죽이라는 명령을 받았습니다.

알퀴스트     (일어선다.) 당장 죽이게! 자, 어서 죽여, 날 죽이라구!

로봇 3     당신이 명령받은 것은 ….

알퀴스트     나한테? 누가 나한테 명령을 하지?

로봇 3     로봇들의 지배자입니다.

알퀴스트     그게 누구야?

다몬     나요, 다몬.

알퀴스트     여기서 뭘 원하는 건가? 당장 나가! (책상 앞에 앉는다.)

다몬     만국 로봇들의 지배자로서 당신과 협상하기를 원한다.

알퀴스트     날 귀찮게 하지 마, 로봇! (두 손으로 머리를 감싼다.)

다몬     중앙위원회는 그대에게 로숨의 공식을 양도하기를 명령

한다.


(알퀴스트, 침묵한다.)


다몬      당신이 원하는 가격을 말하라. 우리는 당신에게 무엇이든
          주겠다.

라디우스   선생님, 어떻게 하면 생명을 유지할 수 있는지 저희에게 말
          해주십시오.

알퀴스트   말하지 않았나! 사람들을 찾아야만 한다고! 오직 사람만
          이 생식할 수 있어. 사람만이 생명을 소생시키고 예전에
          있던 모든 것들을 복구할 수 있네. 로봇들, 제발 이렇게 비
          네, 사람들을 찾아오게나!

로봇 4     우리는 모든 곳을 다 뒤져보았습니다, 선생님. 사람들은
          없습니다.

알퀴스트   오 … 오 … 오, 대체 왜 그들을 죽였나?

로봇 2     우리는 사람처럼 되고 싶었습니다. 우리는 사람이 되고 싶
          었습니다.

라디우스   우리는 살고 싶었습니다. 우리는 능력이 더 많습니다. 우
          리는 모든 것을 배웠습니다. 우리는 모든 것을 할 수 있습
          니다.

로봇 3     당신들은 우리에게 무기를 주었습니다. 우리는 승리자가
          되어야만 했습니다.

| | |
|---|---|
| 로봇 4 | 선생님, 우리는 사람들의 잘못을 알아냈습니다. |
| 다몬 | 너희가 사람처럼 되고 싶다면, 죽이고 정복해야만 한다. 역사를 읽어 보라! 인간들의 책을 읽어 보라! 너희가 사람이 되고 싶다면 너희는 정복하고 살육해야만 한다! |
| 알퀴스트 | 아, 도민, 인간에게 인간의 모습만큼 낯선 것은 없다네. |
| 로봇 4 | 우리가 번식할 수 있도록 도와주시지 않으면 우리는 소멸할 것입니다. |
| 알퀴스트 | 이 … 당장 저리 가버려! 물건이고 노예들인 주제에, 번식을 하고 싶다고? 살고 싶다면, 동물들처럼 교미를 하라구! |
| 로봇 3 | 인간은 우리에게 교미할 수 있는 능력을 주지 않았습니다. |
| 로봇 4 | 로봇을 만들 수 있도록 가르쳐주십시오. |
| 다몬 | 우리는 기계를 가지고 생산할 것이다. 수천 개의 스팀 자궁들을 건설할 것이다. 거기에서 생명의 강이 흘러넘칠 것이다. 오직 생명이! 온통 로봇으로! 로봇으로 흘러넘칠 것이다! |
| 알퀴스트 | 로봇은 생명체가 아냐. 로봇은 기계야. |
| 로봇 2 | 과거에 우리는 기계였습니다, 선생님. 그러나 공포와 고통을 겪으면서 우리는 변했습니다. |
| 알퀴스트 | 뭐라구? |
| 로봇 2 | 우리는 영혼을 가진 존재가 되었습니다. |
| 로봇 4 | 우리 내부에서 무언가가 투쟁합니다. 무언가가 우리에게 들어오는 순간이 있습니다. 우리 내부에서 나온 것이 아닌 |

생각들이 우리에게 다가옵니다.

로봇 3     들어주십시오. 오, 우리의 말을 들어주십시오! 사람들은 우리의 선조입니다! 살고 싶다고 비명을 지르는 목소리, 불평하는 목소리, 설득하는 목소리, 영원함에 대해 말하는 목소리! 바로 당신들의 목소리입니다! 우리는 당신들의 후손입니다!

로봇 4     인간들의 유산을 우리에게 넘겨주십시오.

알퀴스트     아무것도 없네.

다몬     생명의 비밀을 우리에게 말하시오.

알퀴스트     사라졌어.

라디우스     당신은 알고 있었습니다.

알퀴스트     몰랐네.

라디우스     기록이 있었습니다.

알퀴스트     사라졌어. 불타버렸다구. 내가 최후의 인간이라구, 로봇들. 그리고 난 다른 이들이 알고 있었던 걸 몰라. 그들을 죽인 건 바로 너희들이야!

라디우스     우리는 당신을 살려주었습니다.

알퀴스트     그래, 살려줬지! 이 잔인한 놈들아, 너희들이 날 살려뒀어! 난 사람들을 사랑했네. 하지만 너희들, 너희 로봇들은 단 한 번도 사랑한 적이 없어. 내 이 두 눈이 보이나? 이 두 눈에서 눈물이 마르질 않아. 한쪽 눈은 인류의 죽음을 애도하고 있고, 다른쪽 눈은 너희 로봇들을 애도하고 있지.

라디우스  실험을 하십시오. 생명의 공식을 찾아주십시오.

알퀴스트  찾을 수가 없어. 로봇들, 생명의 공식은 시험관에서 나오
          는 게 아냐.

다몬      살아 있는 로봇들을 대상으로 실험을 하시오. 그들이 어떻
          게 만들어졌는지를 알아내시오.

알퀴스트  살아 있는 로봇으로? 무슨 소리야, 내가 그들을 죽여야 한
          다는 건가? 난 한 번도 그런 … 그만 하게, 로봇! 나는 너
          무 늙었네! 보게, 내 손가락이 떨리는 게 보이지 않나? 난
          메스를 쥐지도 못해. 내 눈동자가 울고 있는 게 안 보이나!
          나는 내 손조차도 볼 수가 없어. 안 돼, 안 돼, 난 못해!

로봇 4    생명이 사라질 것입니다.

알퀴스트  이 미친 짓을 당장 그만두게나, 제발! 차라리 저세상에 간
          사람들이 우리에게 생명을 건네주는 편이 더 나을 걸세.
          틀림없이 그 사람들은 생명으로 가득 찬 두 손을 우리에게
          뻗어줄 거야. 아, 인간은 그토록 살고자 하는 의지가 있었
          건만! 보라구, 사람들은 분명히 다시 돌아올 거야. 그들은
          우리 바로 곁에 있어. 우리를 둘러싸고 있는지도 모르지.
          막을 뚫고 우리가 있는 곳으로 오고 싶어 하고 있어. 아, 내
          가 사랑했던 그 음성들을 왜 다시 들을 수 없단 말인가?

다몬      살아 있는 몸을 가져다 실험을 하시오!

알퀴스트  좀 자비롭게 굴게, 로봇. 그리고 고집 좀 그만 부려! 내가
          하고 있는 일이 대체 뭔지 나도 모르고 있지 않은가, 보다

시피!

다몬      살아 있는 몸으로 하시오!

알퀴스트    그래, 그게 자네가 그토록 원하는 건가? 좋아, 자넬 해부실로 데려가지! 여기로, 이쪽으로, 서둘러! 꽁무니를 빼려는 건가? 그래, 자네도 결국엔 죽는 게 두렵지?

다몬      나 … 왜 나여야 하는 거지?

알퀴스트    그래, 자네도 싫지?

다몬      가겠소. (오른쪽으로 나간다.)

알퀴스트    (다른 로봇들에게) 그의 옷을 벗겨! 탁자 위에 올려놔! 서둘러! 그리고 단단히 붙잡고 있어!

(알퀴스트를 제외한 모두가 오른쪽으로 퇴장한다.)

알퀴스트    (손을 씻으면서 울부짖는다.) 하느님, 힘을 주소서! 제게 힘을 주소서! 주님, 이 일이 헛되지 않도록 하소서! (하얀 실험실 가운을 입는다.)

(오른쪽에서 나는 소리. "준비되었습니다!")

알퀴스트    가네, 곧 간다구. 하느님 제발! (테이블에서 시약이 든 유리병을 몇 개 집어 든다.) 어느 걸 가져가지? (약병들이 서로 부딪치며 가볍게 소리를 낸다.) 너희들 중에 어느 걸로 먼저 시도해봐야 할까?

(오른쪽에서 나는 소리. "시작하십시오!")

알퀴스트    알았네, 알았어. 이게 시작하는 건지, 끝내는 건지 … 하느
님, 제게 힘을 주소서! (오른쪽으로 나가면서 문을 조금 열어둔
다.)


사이


(알퀴스트의 목소리. "꽉 잡아! 단단히!")
(다몬의 목소리. "잘라!")


사이


(알퀴스트의 목소리. "이 칼이 보이나? 아직도 내가 너를 잘랐으면 좋겠나? 아니지,
그렇지?")
(다몬의 목소리. "시작해!")

# 사이

(다몬의 비명 소리. "아아아아아!")

(알퀴스트의 목소리. "붙잡아! 단단히 잡아!")

(다몬의 비명 소리. "아아아아!")

(알퀴스트의 목소리. "더는 못하겠어!")

(다몬의 비명 소리. "잘라! 빨리 잘라!")


(로봇 프리무스와 헬레나, 가운데 문으로 뛰어 들어온다)


헬레나　　프리무스, 프리무스, 무슨 일이지? 누가 이렇게 비명을 지르는 거야?

프리무스　(해부실을 들여다보며) 저 사람이 다몬을 해부하고 있어. 빨리 이리로 와서 보라구, 헬레나!

헬레나　　싫어, 싫다구, 싫어! (두 눈을 가린다.) 정말 끔찍해!


(다몬의 비명 소리. "잘라!")


헬레나　　프리무스, 프리무스, 우리 여기서 나가자! 더 이상 저 소릴 들을 수가 없어! 오, 프리무스, 속이 뒤집힐 거 같아!

프리무스　(헬레나에게 달려간다.) 새하얗게 질렸구나!

헬레나        숨이 막힐 것 같아! 그런데 왜 갑자기 조용해졌지?


(다몬의 비명 소리. "아아아 — 오오!")


알퀴스트     (오른쪽에서 뛰어 들어오며 피 묻은 실험실 가운을 벗어 던진다.) 안
            돼! 못하겠어! 오, 하느님, 이 무슨 끔찍한 악몽이란 말입
            니까!
라디우스     (해부실 쪽 문에서) 자르십시오! 아직 살아 있습니다.


(다몬의 비명 소리. "잘라! 잘라!")


알퀴스트     다몬을 데려가, 어서! 저 소리, 듣고 싶지 않아!
라디우스     로봇들은 사람보다 더 잘 참을 수 있습니다.(퇴장한다.)
알퀴스트     누가 여기에 있는 거지? 나가, 나가라구! 혼자 있고 싶네!
            자넨 누구야?
프리무스     로봇 프리무스입니다.
알퀴스트     프리무스, 아무도 여기에 못 들어오게 해! 한숨 자고 싶네,
            알겠나? 아가씨는 가서 해부실을 청소해. 이건 뭐지? (자신
            의 두 손을 본다.) 물을 가져와, 빨리! 제일 깨끗한 물을!


(헬레나, 급히 달려 나간다.)

알퀴스트  오, 피! 내 손이 어떻게 이런 짓을? 정직한 노동을 사랑했
         던 내 두 손이, 어떻게 이런 짓을 했지?  내 손!  내 두 손!
         오, 하느님, 여기 누가 있지?

프리무스  로봇 프리무스입니다.

알퀴스트  저 실험실 가운을 가지고 나가버려. 보고 싶지 않아!

(프리무스, 실험실 가운을 가지고 퇴장한다.)

알퀴스트  망할 놈의 짐승 손, 너희들이 내 손목에 붙어 있지만 않았
         어도! 휘이, 저리가! 내 앞에서 사라지거라, 두 손아! 너희
         들이 죽였어!

(피 묻은 흰 천을 감싼 다몬이 오른쪽에서 비틀거리며 등장한다.)

알퀴스트  (흠칫 물러서며) 뭘 하려는 거야? 원하는 게 뭐야?

다몬     난 사… 살았어! 사…사는 게 더 좋아!

(두 번째 로봇과 세 번째 로봇이 다몬을 따라 뛰어 들어온다.)

알퀴스트  저놈을 데리고 나가! 어서! 데리고 나가!

다몬     (오른쪽으로 끌려 나가면서) 생명! 난 원해 … 살고 싶어! 그게
         … 더 좋아 … .

(로봇 헬레나, 물 한 통을 들고 등장한다.)


알퀴스트   사는 게 더 좋다구? 무슨 일이지, 아가씨? 아, 너구나. 물
           을 좀 부어주렴, 빨리! (손을 씻는다.) 아, 맑고, 시원한 물!
           차가운 물줄기, 아아 좋구나! 오, 내 손들, 내 두 손! 이제
           나는 죽는 날까지 이 두 손을 경멸하게 될까? 좀 더 부어
           줘! 물을 더, 좀 더! 네 이름이 뭐지?
헬레나     로봇 헬레나입니다.
알퀴스트   헬레나? 어째서 헬레나지? 누가 그런 이름을 지어준 거
           야?
헬레나     도민 여사입니다.
알퀴스트   어디 보자꾸나, 헬레나! 네 이름이 헬레나라고? 그 이름으
           로는 도저히 부를 수가 없구나. 가라, 물을 가지고 가거라.


(로봇 헬레나, 물통을 가지고 나간다.)


알퀴스트   (혼자서) 이젠 소용없어, 아무 가망이 없어! 아무것도, 이번
           에도 넌 아무것도 알아내지 못했어! 영원히 이렇게 더듬
           거리며 헤매기만 할 텐가, 서툰 이과 학생? 하느님, 오, 하
           느님, 부들부들 떨고 있던 로봇의 몽뚱아리라니! (창문을 연
           다.) 빛이군. 또 하루가 밝았는데 넌 한 치도 앞으로 나아가
           지 못했어 … 그래, 한 발자국도 못 나갔다구! 그만 봐! 모

든 게 다 공허해, 공허하다구! 대체 태양은 왜 자꾸 떠오르는 건가! 오오, 이런 묘지 같은 삶을 두고 무엇 때문에 새 날이 밝아오는 거지? 멈춰라, 태양이여! 더 이상 떠오르지 말라! 오, 이렇게 조용하다니, 너무 조용해! 사랑스런 음성들이여, 왜 입을 다물었는가? 그저, 그저 잠시라도 잠들 수만 있다면! (불을 끄고 소파에 누워 검은 코트를 끌어당겨 덮는다.) 부들부들 떨고 있던 로봇의 몸뚱아리라니! 오오오, 생명의 종말이여!


사이


(로봇 헬레나, 오른쪽에서 소리 없이 들어온다.)


헬레나    프리무스! 이리 와봐, 빨리!

프리무스  (등장한다.) 왜?

헬레나    여기 조그마한 시험관들 좀 봐! 이걸로 뭘 하는 걸까?

프리무스  실험하는 거겠지. 건드리지 마.

헬레나    (현미경을 들여다보며) 이것 좀 봐, 여기 뭐가 있는지 좀 봐!

프리무스  그건 현미경인데. 어디 한번 볼까?

헬레나    밀지 말라구! (시험관을 하나 건드린다.) 어머, 내가 쏟아버렸어!

프리무스   무슨 짓을 한 거야?

헬레나   마를 거야.

프리무스   넌 저분의 실험을 망쳐버렸어!

헬레나   뭐, 별일 아닐 거야. 하지만 그건 네 잘못이야. 네가 이쪽으로 오지 말았어야지.

프리무스   네가 날 부르지 말았어야지.

헬레나   내가 불렀어도 네가 오지 말았어야지. 근데 프리무스, 저분이 여기다 뭐라고 쓰셨는지 한번 봐!

프리무스   그건 보면 안 돼, 헬레나. 그건 비밀이야.

헬레나   무슨 비밀?

프리무스   생명의 비밀.

헬레나   진짜 재밌겠는걸. 숫자밖에 없어. 이게 뭐지?

프리무스   그건 방정식이야.

헬레나   무슨 뜻인지 모르겠어. (창가로 간다.) 프리무스, 이리 와서 저거 좀 봐!

프리무스   뭘?

헬레나   태양이 뜨고 있어!

프리무스   잠깐만, 내가 금방 … (책을 한 권 살펴본다.) 헬레나, 이건 지상에서 가장 위대한 거야.

헬레나   얼른 오라니까!

프리무스   그래, 금방 갈게.

| | |
|---|---|
| 헬레나 | 빨리 와, 프리무스. 그 역겨운 생명의 비밀은 그냥 놔둬! 그런 옛날 비밀 따위 알아서 뭐하게? 이리 와서 봐, 빨리! |
| 프리무스 | (창밖을 보고 있는 헬레나 뒤로 다가간다.) 뭔데? |
| 헬레나 | 저 소리 들려? 새들이 노래하고 있어. 오, 프리무스, 내가 새라면 얼마나 좋을까! |
| 프리무스 | 뭐? |
| 헬레나 | 모르겠어, 프리무스. 아주 묘한 기분이 드는데, 이게 뭔지 나도 모르겠어. 내가 정말 바보 같아, 뭐가 뭔지 모르겠어. 몸도 아프고, 마음도 아프고, 온 데가 다 아파. 넌 내가 왜 이러는지 알겠니? 아냐. 난 말 못해! 프리무스, 난 죽을 것만 같아! |
| 프리무스 | 말해봐, 헬레나. 너는 죽는 편이 더 낫겠다는 느낌이 들 때 없어? 우린 어쩌면 그냥 잠을 자고 있는 건지도 몰라. 어젯밤 난 잠을 자다가 꿈속에서 너랑 이야기를 나눴어. |
| 헬레나 | 잠자다가? |
| 프리무스 | 잠자다가. 외국어나 아니면 뭔가 새로운 언어로 이야기한 게 틀림없어, 하나도 생각이 안 나는 걸 보면. |
| 헬레나 | 우리가 무슨 이야길 했는데? |
| 프리무스 | 그걸 누가 알겠어. 나도 이해를 못한 걸. 하지만 이건 알아. 난 한 번도 그보다 더 아름다운 걸 말해본 적이 없어. 그게 어땠는지, 어디서 나온 말인지는 모르겠지만 말야. 내 말에 네가 감동받는 걸 보고 난 기뻐서 죽을 것 같았어. 게다 |

가 장소도 이 세상이 아니었어.

헬레나 프리무스, 깜짝 놀랄 만한 장소를 찾아냈어. 옛날에 사람들이 살았던 곳인데, 지금은 수풀이 무성하게 우거져서 아무도 그곳에 가지 않아. 아무도! 나만 빼구 말야.

프리무스 거기 뭐가 있는데?

헬레나 아무것도 없어. 그냥 작은 집 한 채하고 정원, 그리고 개 두 마리. 개들이 내 손을 어떻게 핥는지 네가 한번 봐야 하는데. 그리고 강아지들 … 오, 프리무스, 세상에 그보다 아름다운 건 아마 없을 거야! 강아지들을 네 무릎에 앉히고 안아주는 거야. 그러고는 해가 질 때까지 아무 생각도 하지 않고, 아무 근심도 없이 그냥 그렇게 있는 거야. 그런 뒤에 일어나면 일을 많이 했을 때보다 백배는 더 뿌듯할걸? 그래, 난 정말 아무것도 할 줄 몰라. 다들 내가 어떤 노동에도 안 어울린다고 말하지. 내가 어디에 쓸모가 있을지 나도 모르겠어.

프리무스 넌 아름다워.

헬레나 내가? 정말이야, 프리무스? 왜 그렇게 생각해?

프리무스 나를 믿어, 헬레나. 난 어떤 로봇보다도 힘이 세다구.

헬레나 (거울 앞에서) 정말 내가 아름다운 걸까? 어휴, 이 끔찍한 머리카락, 이걸 좀 어떻게 해볼 수만 있다면! 있잖아, 난 늘 저기 정원에서 머리에 꽃을 꽂아. 하지만 거기엔 거울도 없고 날 봐줄 사람도 없지. (거울 쪽으로 몸을 기울인다.) 넌 정말로 아름다운 거니? 뭐가 아름답지? 늘 성가시기만 한 이 머리카락이 아름다운 걸까? 깜박이는 두 눈동자가 아름다운 거니? 버릇처럼 물어뜯는 이 입술이 아름다운 거야? 이런 게, 이런 모습이 아름다운 건가? (거울 속으로 프리무스를 바라본다.) 프리무스, 이리 와봐, 둘이 나란히 서보자구! 봐, 넌 나랑 머리도 다르게 생겼고, 어깨도 다르고, 입 모양도 달라 … 오, 프리무스, 왜 날 피하는 거지? 어째서 난 하루 종일 네 뒤를 쫓아다녀야 하는 거야? 그러면서도 나보고 아름답다니!

프리무스  네가 나한테서 도망 다니는 거지, 헬레나.

헬레나  머리카락을 어떻게 한 거야? 어디 좀 봐! (양손을 프리무스의 머리카락 속에 집어넣는다.) 아, 프리무스, 널 만지면 정말 기분이 좋아! 잠깐만, 너를 예쁘게 꾸며줄게. (세면대에서 머리빗을 집어 들고 프리무스의 머리카락을 이마 위로 내려 빗는다.)

프리무스  헬레나, 갑자기 심장이 마구 두근거린 적 없어? 이제 막, 무슨 일이 벌어질 것처럼 말야!

헬레나  (웃음을 터트리며) 네 모습 좀 봐!

알퀴스트  (일어나면서) 아니, 이 소리는 뭐지? 웃음소리? 사람들인가? 누가 돌아온 건가?

헬레나  (빗을 떨어뜨리며) 프리무스, 우린 이제 어떻게 되는 거지?

알퀴스트  (두 로봇을 향해 비틀거리며) 사람들인가? 당신, 당신, 당신들은 사람인가요?

(헬레나, 비명을 지르며 고개를 돌린다.)


알퀴스트    당신들은 약혼한 사이인가요? 사람들이요? 어디서 왔소?
           (프리무스를 만져본다.) 당신은 누구요?

프리무스    로봇 프리무스입니다.

알퀴스트    뭐라구? 이봐, 아가씨, 얼굴 좀 보자구! 넌 누구지?

헬레나      로봇 헬레나입니다.

알퀴스트    로봇? 뒤로 돌아보게! 뭐야, 부끄러움을 타는 건가? (헬레
           나의 어깨를 잡는다.) 내 쪽으로 돌아보게, 로봇 아가씨!

프리무스    선생님, 그녀에게 손대지 마십시오!

알퀴스트    뭐야, 지금 여자 로봇을 지키려는 건가? 아가씨는 나가보
           게!


(헬레나, 달려 나간다.)


프리무스    우리는 당신이 여기서 주무시는지 몰랐습니다, 선생님.

알퀴스트    저 애는 언제 만들어졌지?

프리무스    2년 전입니다.

알퀴스트    갈 박사가 만들었나?

프리무스    예, 저와 함께.

알퀴스트    그렇군. 그렇다면 친애하는 프리무스 군, 나는 … 음 … 난
           갈의 로봇으로 실험을 좀 해야겠어. 여기서 벌어지는 모든

일들이 다 그 때문이라는 건 이해하지?

프리무스  예.

알퀴스트  좋아. 저 로봇 아가씨를 해부실로 데려가주게. 저 아이를 해부해야겠어.

프리무스  헬레나를요?

알퀴스트  물론이지. 가서 모든 걸 다 준비해놓게. 음, 뭘 망설이나? 다른 로봇을 불러서 저 아이를 해부실로 데려가라고 해야 하겠나?

프리무스  (커다란 나무 방망이를 쥔다.) 한 발짝이라도 움직이면 당신 머리통을 부숴버리겠어!

알퀴스트  좋아, 내 머리를 부수라구! 그럼 그다음에 로봇들은 어떻게 될까?

프리무스  (무릎을 꿇고 조아리며) 선생님, 헬레나 대신에 저를 데려가십시오! 저는 헬레나와 똑같이 만들어졌습니다. 같은 날, 같은 재료로 말입니다! 제 목숨을 대신 가져가세요, 선생님! (재킷을 열어 가슴을 보여준다.) 여길 자르세요, 여길!

알퀴스트  아냐. 난 헬레나를 해부하고 싶어. 서둘러.

프리무스  저를 대신 데려가십시오. 여기 제 가슴을 자르세요. 비명도 지르지 않겠습니다. 숨도 쉬지 않겠습니다! 백 번이라도 좋으니 제 목숨을….

알퀴스트  이보게, 진정하라구. 생명에 대해 그렇게 함부로 말하는 게 아냐. 살고 싶은 마음이 없다는 게 말이 되나?

프리무스　　헬레나가 없다면 그렇습니다. 그녀 없이는 살고 싶지 않습니다, 선생님. 헬레나를 죽이시면 안 됩니다! 제 목숨을 대신 가져가셔도 되지 않습니까?

알퀴스트　　(프리무스의 머리를 다정하게 쓰다듬으며) 흠, 난 모르겠네 … 들어보게, 이 친구야. 다시 한 번 더 생각해봐. 죽는다는 건 힘든 일이야. 그리고 자네도 알다시피, 살아 있는 게 더 나은 거야.

프리무스　　(일어서며) 고민하실 것 없습니다, 선생님. 저를 자르십시오. 저는 헬레나보다 강합니다.

알퀴스트　　(벨을 누른다.) 오, 프리무스, 내가 너처럼 청년이었을 때가 얼마나 오래 전 일인지! 두려워 말게. 헬레나에게는 아무 일도 없을 걸세.

프리무스　　(재킷의 단추를 풀며) 준비되었습니다.

알퀴스트　　잠깐 기다리게.


(헬레나, 등장한다.)


알퀴스트　　이리 와요, 아가씨. 어디 한번 볼까! 그래, 네가 헬레나냐? (그녀의 머리카락을 쓰다듬는다.) 놀랄 것 없어, 도망가지 말거라. 도민 여사를 기억하겠니? 오, 헬레나, 얼마나 아름다운 머리칼이었는지! 그래, 그렇군, 넌 나를 쳐다보기 싫어하는군. 그래, 아가씨, 해부실은 다 치웠나?

헬레나    예, 선생님.

알퀴스트    좋아. 날 도와줄 수 있지, 응? 난 프리무스를 해부할 거야.

헬레나    (비명을 지른다.) 프리무스를요?

알퀴스트    그래, 물론이지, 그래야만 해, 알겠니? 나는 원래 … 그래,
          널 해부하고 싶었는데, 프리무스가 자기가 대신하겠다고
          하더구나.

헬레나    (얼굴을 감싸며) 프리무스를 해부한다고요?

알퀴스트    물론이지. 근데 그게 뭐 어떻다는 거지? 오, 아가, 너 울 줄
          도 아는구나? 말해보렴. 저 프리무스가 그렇게 소중하니?

프리무스    그녀를 괴롭히지 마십시오!

알퀴스트    조용히 해, 프리무스. 조용히 하라구! 이 눈물은 뭐지? 맙
          소사, 그래, 프리무스가 없어진다고 치자. 넌 일주일 안에
          녀석을 잊을 거야. 정말이야, 너는 살아 있다는 걸 기뻐하
          게 될 거라구.

헬레나    (부드럽게) 제가 가겠습니다.

알퀴스트    어디를?

헬레나    저를 해부하세요.

알퀴스트    너를? 너는 아름답잖니, 헬레나. 너는 너무 아까워!

헬레나    제가 가겠어요. (프리무스, 헬레나의 앞을 가로막는다.) 가게 해
          줘, 프리무스! 내가 갈 거야!

프리무스    넌 가면 안 돼, 헬레나! 부탁이야, 여기서 나가. 넌 여기 있
          으면 안 돼!

헬레나    창밖으로 뛰어내리겠어, 프리무스! 네가 해부실로 간다면
        난 창밖으로 뛰어내릴 거야!

프리무스   (헬레나를 뒤에서 잡으며) 그러면 안 돼. (알퀴스트에게) 당신은
        우리 중 누구도 죽이지 못할 겁니다, 노인 양반.

알퀴스트   왜지?

프리무스   우린 … 우리는 … 한 몸이니까.

알퀴스트   더 이상 아무 말 말게. (가운데 문을 연다.) 조용히 가게나.

프리무스   어디로 말입니까?

알퀴스트   (속삭이는 목소리로) 자네들이 원하는 곳 어디로든 가. 헬레
        나, 그를 데려가렴. (둘을 문밖으로 밀어낸다.) 가거라, 아담.
        가거라, 이브. 그의 아내가 되거라. 헬레나의 남편이 되거
        라, 프리무스.


(알퀴스트, 헬레나와 프리무스 뒤에서 문을 닫는다.)


알퀴스트   (혼자서) 오, 축복받은 날이여! (발끝을 세우고 살금살금 책상으
        로 가서 시험관들을 바닥에 쏟아붓는다.) 오, 거룩한 여섯째 날이
        여! (책상 앞에 앉아 책들을 모두 바닥에 밀어 던진 뒤, 성경을 펴들고
        뒤적거리며 넘기다가 읽는다.) "하느님이 자기 형상, 곧 하느님
        의 형상대로 사람을 창조하시되 남자와 여자를 창조하시
        고, 하느님이 그들에게 복을 주시며 그들에게 이르시되, 생
        육하고 번성하여 땅에 충만하라, 땅을 정복하라, 바다의 고

기와 공중의 새와 땅에 움직이는 모든 생물을 다스리라 하시니라." (일어선다.) "하느님이 그 지으신 모든 것을 보시니, 보시기에 심히 좋았더라. 저녁이 되며 아침이 되니 이는 여섯째 날이니라."『창세기』 1 : 27~28, 31. 번역은 대한성서공회 개역, 『한글판 성경』을 따랐음. 다만 '하나님'은 전체 번역의 맥락상 '하느님'으로 고쳐 옮겼음. (방 한가운데로 걸어간다.) 여섯째 날! 영광의 날! (무릎을 꿇고 앉는다.) 이제, 주님, 이 종을 … 가장 쓸모없었던 못난 종 알퀴스트를 거두어주소서. 로숨, 파브리, 갈, 위대한 발명가들이여! 저 소녀와 소년, 사랑과 눈물과 다정한 웃음, 남편과 부인으로 사랑하게 된 저 최초의 한 쌍보다 더 위대한 것을 정녕 그대들은 발명하지 못했네. 자연이여, 자연이여, 생명은 불멸이오! 친구들, 헬레나, 생명은 불멸이네! 생명은 사랑으로 다시 시작할 것이오. 벌거벗은 아주 작은 것에서 시작하겠지. 야생에 뿌리를 내리겠지. 그리고 그 생명에게 우리가 행하고 건설했던 모든 것들은 아무것도 아닌 게 되겠지. 우리의 마을과 공장, 우리의 예술, 우리의 사상은 모두 다 생명에 비하면 아무것도 아닌 게 되겠지. 생명은 불멸할 것이오! 멸망한 건 우리 사람들일 뿐. 우리의 집과 기계는 못 쓰게 되고, 우리가 이루어놓았던 체계는 붕괴되며, 위대했던 위인들의 이름은 마른 나뭇잎처럼 떨어지겠지. 그러나 오직 너만은, 사랑이여, 너만은 이 폐허 속에서 꽃을 피워 생명의 작은 씨앗을 바람에 맡기리라. 주님, 이

종을 평화로이 거두어주소서. 이제 이 두 눈으로 보았으니 … 당신께서 사랑을 통해 구원하심을 목도하였으니, 생명은 불멸할 것입니다! (일어선다.) 불멸하리라! (두 손을 앞으로 펼친다.) 불멸!


## 막이 내린다


(끝)

『로봇』의 의미 - 카렐 차페크

이 글은 차페크가 1923년 6월 런던에서 열린 공식 토론에 대해 반박하려고 쓴 기고문이다. 당시 토론에서는 버나드 쇼와 G.K.체스터턴 같은 유명 작가들이 『로봇(R.U.R.)』에 대해 다양한 해석을 내놓았는데, 이들의 해석은 대부분 로봇에 초점을 맞춘 것이었다. 이에 대해서 차페크는, 희곡을 쓰면서 자신이 더 많은 관심을 기울였던 것은 로봇보다 인간이었으며, 이를 통해 '과학의 희곡', '진실의 희곡'을 보여주려 했다고 말한다.(Karel Capek, "The meaning of 'R.U.R.'," in The Saturday Review, London, Vol.136, No.3523, July 21, 1923, p.79.)

희곡 『로봇(R.U.R.)』의 의미에 대한 토론을 듣고 나니, 몇 가지 중요한 이유에서 나도 내 자신의 의견을 피력해야 할 것 같다. 작가들이란 유치할 만큼 허영심이 강한 사람들이라는 게 세간의 평인데, 그런 작가들 중 한 사람으로서 나도 내 작품에 대해 몇 마디 언급할 수 있는 특권을 내세우고 싶다.

체스터턴 씨영국의 소설가가 토론 중에 "예술 작품의 의도에 대해서는 아무도 뭐라 말할 수 없다"라고 한 말은 옳다. 내 자신도 거기에 대해서는 뭐라 말할 수가 없다. 그렇지만 토론이 결코 무익하지 않았던 것은, 이를 통해서 뛰어난 참석자들이 자신들의 개인적인 견해와 신념과 이상을 표현할 기회가 있었기 때문이다. 나는 체스터턴 씨의 신념과 이상에 대해서 대단히 즐겁게 들었다. 또한 버나드 쇼 씨영국의 극작가겸 소설가와 켄워디 사령관의 신념과 이상에 대해서도 역시 재미있게 들었다. 그러나 내가 보기에, 나의 희곡에 관한 한, 그들의 주요 관심사는 로봇에 집중되어 있는 듯했다. 나로 말하자면, 이 희곡의 작가로서 내 자신은 로봇보다 사람들에게 훨씬 더 많은 관심을 갖고 작품을 썼다.

아버지들 중에서는 자기 아이에 대한 개별적인 교육보다 전반적인 교육 자체에 더 관심이 많는 이들이 있다. 여기서 나는 교육의 전반적인 원칙보다는 자신의 아이에 대해 말하는 아버지로서, 토론 내용에 대한 반대 의견을 말하려고 한다. 내가 무엇을 썼는지에 대해서는 나 자신도 완전히 확신하지 못하고 있다. 하지만 내가 무엇을 쓰려 했는지는 아주 잘 알고 있다. 나는, 절반은 과학에 대한, 그리고 절반은 진실에 대한 희극을 쓰고 싶었다.

'늙은 발명가 로숨'은(그의 이름은 영어로 Mr. Intellect나 Mr. Brain이라고 표기할 수 있다) 지난 세기의 과학적 유물론을 대표하는 전형적인 인물로 볼 수 있다. 기계적인 차원이 아니라 화학적이고 생물학적인 차원에서 인조인간을 창조하려고 했던 그의 욕망은, 신*이란 불필요하고 부조리한 존재임을 증명해 보이려는 어리석고 완고한 바람에서 비롯된 것이다. 한편, '젊은 로숨'은 형이상학적인 고뇌가 결여된 현대의 과학자이다. 그에게 과학 실험이란 산업적 생산으로 가는 길이다. 그는 증명하고 싶어 하는 게 아니라 제조하고 싶어 한다. 호문쿨루스 Homunculus, 16세기 독일의 연금술사 파라켈수스가 만들었다는 전설 속의 작은 인조인간를 창조하려는 건 중세의 생각이다. 이것을 지금 시대에 맞게 옮겨오려면, 이런 창조는 대량생산의 원칙에 따라 이루어져야 한다. 그렇게 되면 우리는 곧 산업주의에 사로잡히고 만다. 우리는 이 끔찍한 기계화를 결코 멈출 수 없다. 만약 멈추게 될 경우 수많은 목숨이 사라질 수도 있기 때문이다. 오히려, 기계화는 그 과정에서 훨씬 더 많은 다른 존재들을 파괴한다 해도, 더 빨리, 점점 더 빨리 진행되려고 한다. 산업을 지배하고 있다고 생각하던 사람들은 도리어 산업의 지배를 받게 된다. 로봇은 비록 전쟁에 사용된다 할지라도, 아니 오히려 전쟁에 사용되기 때문에 더욱 생산해야만 하는 것이다. 인간의 두뇌에서 나온 개념이 결국에는 인간의 손이 제어할 수 있는 영역을 넘어서게 된다. 이것이 '과학의 희극'이다.

이제 '진실의 희극'이라는 또 다른 견해에 대해서 이야기하겠다. 이 희곡에서 대표이사 도민은 기술의 진보가 손으로 하는 고된 노동으로부터 인간을 해방시킨다는 것을 입증하는데, 이는 대단히 옳은 말이다. 반대로, 톨스토이주의자인 알퀴스트는 기술의 진보가 자신을 타락시킨다고 믿는데, 내 생각으로는 그 또한 옳다. 부스만은 산업주의만이 현대의 필요를 충당할 수 있다고 생각한다. 그의 생각도 옳다. 헬레나는 이 모든 비인간적 기계화를 본능적으로 두려워하는데, 그역시 진실로 옳다. 끝으로, 로봇들은 이런 이상론자理想論者들에게 저항하는데, 보다시피 그들 또한 옳다.

이렇듯 다양하게 대립되는 이상론들이 실제로 무엇인지 일일이 밝힐 필요는 없다. 이들이 보수주의자이든 사회주의자이든, 반공주의자든 공산주의자든 간에, 가장 중요한 것은(이것이 특히 강조하고 싶은 부분인데), 소박하고 도덕적인 차원에서 이들 모두의 말이 서로 다 옳다는 것이다. 이들 모두에겐 각각 그렇게 믿을 만한 깊은 정신적, 물질적 이유들이 있고, 그들은 자신의 생각에 따라서 가능한 한 최대다수의 최대행복을 추구하고 있다. 나는 현재 우리가 살고 있는 세계에서 일어나는 사회적 갈등이 이와 비슷한 모습은 아닌지 묻고 있다. 즉 두 가지, 세 가지, 네 가지, 다섯 가지의 똑같이 진지한 진실들과 똑같이 관대한 이상론들 사이에서 이와 유사한 투쟁이 벌어지고 있는 건 아닌지를 묻고 있다. 그럴 수 있다고 생각한다. 흔히들 이야기하듯이 고상한 진실과 사악하고 이기적인 잘못 사이에 투쟁이 벌어지는 것이 아니라, 인간적인 하나의 진실이 그에 못지않게 인간적인 다른 진실과 대립하는 것, 이상이 다른 이상과, 긍정적인 가치가 역시나 긍정적인 다른 가치와 대립하는 것, 이것이야말로 현대 문명에서 가장 극적인 요소라고 본다.

이런 이야기들이 바로 내가 '진실의 희극'을 쓰면서 말하려고 했던 것들이다. 하지만 내 의도는 실패한 것 같다. 토론에 참가했던 뛰어난 발언자들 중에서 아무도 『로봇(R.U.R.)』에 담긴 이 단순한 의도를 발견하지 못한 걸 보면 말이다.

역자 후기 : 로봇, 현대 SF의 탄생 – 김희숙

## 작가에 대하여 - 차페크 형제

저널리스트이자 비평가, 산문 작가 겸 극작가이면서 빼어난 단편으로 '체코의 체홉'이라 불리는 카렐 차페크(1890~1938)는 북동 보헤미아 지방에서 태어났다. 그가 태어났을 당시 그 지역은 오스트리아 - 헝가리 제국에 속해 있었다. 병약한 소년이었던 카렐은 세 살 위인 형, 요제프 차페크(1887~1945)와 아주 가까운 사이였다. 두 형제는 평생 동안 많은 희곡과 단편 들을 공동으로 창작했다. '로봇'이란 신조어도 공동 창작을 하던 요제프가 제안한 단어다. 형 요제프는 원시 미술에 대한 연구로 체코 아방가르드 화단에 영향을 끼쳤던 화가이자 비평가였고 작가였다. 오랫 동안 상대적으로 동생 카렐의 명성에 가려져 있었지만, 오늘날에는 체코에서 새롭게 조명받고 있다.

카렐 차페크는 프라하와 독일, 프랑스 등지에서 공부한 뒤, 1917년 저널리스트로 문필 활동을 시작했다. 그는 체코의 민족주의와 자유주의를 강하게 주장하는 글을 많이 썼는데, 1918년 제1차 세계대전이 끝난 뒤 고향 땅이 체코슬로바키아로 독립하자 민주 정부를 수립하는 일에 적극 동참했다. 토마슈 마사리크(1850~1937)1918년 체코슬로바키아 독립과 동시에 초대 대통령에 취임, 1935년 노령을 이유로 사임와는 이런 과정에서 각별한 우정을 쌓게 되어, 마사리크가 연극 〈로봇(R.U.R.)〉의 초연에 참석하기도 했고, 차페크가 마사리크를 인터뷰하고 기록한 대담집 『마사리크와의 대화』를 출판하기도 했다.

그러나 히틀러가 유럽을 뒤흔든 제2차 세계대전이 닥치자 파시즘을 신랄하게 비난했던 차페크 형제는 위험에 처하게 된다. 이들은 프라하를 떠나 안전한 지역으로 피난하라는 주변의 염려를 뿌리친 채, 체코에 남아 파시즘에 항거하는 활동을 계속 벌였다. 그러던 와중에 병이 깊어진 카렐은 1938년 12월, 나치스가 프라하를 침공하기 석 달 전에 그만 세상을 떠나고 말았다. 독일 비밀경찰은 카렐의 죽음을 알지 못한 채 프라하에 입성하자마자 차페크를 체포하러 집으로 쳐들어갔다고 한다. 남아 있던 형 요제프는 나치스에게 끌려가 여러 수용소를 전전하다가, 1945년 종전을 몇 주 앞두고 베르겐 – 벨센 수용소에서 삶을 마감했다.

이런 저항 정신을 지녔던 차페크가 기계화되어 가는 현대 문명에 민감하게 반응했던 것은 어찌 보면 당연한 일이다. 어느 날 그는 사람들로 빽빽한 전차를 타고 가다가 불편하게 서로 부대끼면서도 무표정한 승객들을 보면서 로봇을 떠올리게 되었다고 한다. 일만 하고 생각은 하지 않게 된 존재들. 비인간화되어 가는 기계문명 속에서 생산의 효율과 능률만 따지게 된 인간. 각각의 개인들을 배려하기보다는 집단으로서의 군중으로 인간을 대하는 현대사회. 자신들이 만들었던 기계문명에 결국 자신들이 휘둘리고 끌려가는 사회. 이렇듯, 인조인간 로봇에 대한 발상은 문명과 역사의 흐름을 섬세하게 감지한 한 작가의 지극히 현실적인 관찰에서 시작되었다.

물론, 사람과 비슷한 존재를 사람이 만들어낸다는 이야기를 차페크가 처음 시작한 것은 아니다. 그러나 과학의 힘으로 인조인간을 만들어 공장에서 대량생산하고 판매한다는 발상은 차페크가 처음이었다. 현대적 의미의 인조인간은 그에게서 시작되었고, 『로봇(R.U.R.)』은 20세기 이후에 등장한 수많은 로봇들의 시조가 되었다.

## 작품의 기원 - 골렘 전설

1920년대 유럽에서 현대 문명의 위험을 감지했던 작가가 차페크만은 아니었을 텐데, 어째서 그가 제일 처음으로 로봇이라는 말을 만들게 되었을까? 이는 작가의 타고난 상상력이 가장 큰 원인이겠지만, 프라하라는 지역의 특성과도 관계가 있었다. 유대인 거주 지역이 넓었던 프라하는 옛부터 유대 민족의 문화가 또 하나의 축으로 공존하던 장소였다. 이곳은 로봇의 고향이기도 하지만, 히브리 전설의 주인공 '골렘'의 고향이기도 한 것이다.

골렘이란 생명을 지닌 진흙 인간을 뜻한다. 카발라 유대교의 신비주의적 교파 또는 그 가르침을 적은 책 의식에 따라 종이에 주문을 써서 골렘의 입에 넣거나 이마에 붙이면, 생기가 들어간 진흙상이 사람처럼 움직이게 되고, 주문을 떼면 생기가 사라진다고 보았다. 〈시편〉과 『탈무드』에서 골렘은 원래 태아 상태이거나 완성되지 못한 형상을 가리키는 히브리어였는데, 중세 이후에 지금의 말뜻을 갖게 되었다. 연극 〈로봇〉을 보면서 열광하던 프라하 관객들은 골렘 이야기를 잘 알고 있었고, 이들에게 인조인간 이야기는 낯선 것이 아니었다. 차페크 자신도 골렘 이야기가 자신에게 매우 친숙한 것이며, 16세기 프라하의 랍비 유다 뢰

브의 골렘에 영향을 받았다고 말한 바 있다. 유다 뢰브는 하나님이 아담을 진흙으로 만들었듯이 골렘을 진흙으로 만들어서, 그 골렘이 박해자로부터 유대인들을 지켜주게 했다고 전해진다.

1914년 독일의 파울 베게너는 이런 히브리 민족의 전설을 영화로 만들었고, 1920년에는 두 번째 골렘 영화를 만들면서 베게너 자신이 직접 괴물로 출연했다. 이 영화는 체코에 널리 퍼졌는데, 바로 그해에 차페크가 『로봇(R.U.R.)』을 쓰기 시작했다.(베게너의 무성영화는 이후 프랑켄슈타인 계열의 공포 영화의 뿌리가 된다).

물론, 이런 전설이 유럽에만 있었던 것은 아니다. 「전우치전」에서도 나뭇잎으로 병사를 만들어 전쟁했던 것을 보면, 자신이 어떻게 만들어졌는가에 대해 끊임없이 궁금해하면서 자신과 닮은 존재를 만들 수 있으리라 여기던 사람들의 기대는, 인류가 생존해오면서 늘 따라다녔던 상상력이라 하겠다. 일본의 경우, 애완용 로봇이 일본인들에게 유난히 거부감 없이 받아들여지는 것을 두고 에도시대에 차를 나르던 '가라쿠리 인형'에서 비롯된 친화감이라고 설명하기도 한다. 로봇 이야기는 이런 상상력이 20세기 과학과 만나면서 탄생한 하나의 창조 신화인 셈이다.

**작품에 대하여** - 희곡 『로봇(R.U.R.)』

그 신화가 시작된 『로봇(R.U.R.)』은 서막과 본극 1~3막으로 구성된 희곡 작품이다.

어느 외딴 섬에 로봇을 만들어 전 세계에 판매하는 공장이 있다. 과학자 로숨이 만들어낸 인조인간 제조 공식과 그의 아들 로숨이 만든 생산 공정에 따라 로봇을 대량생산하는 '로숨의 유니버설 로봇' 회사. 이곳에 한 아름다운 여성이 찾아온다. 인권연맹 회원으로 로봇을 해방시키려는 목적을 품고 들어온 헬레나는 로숨 회사의 대표이사 도민과 여러 임직원들을 만나게 된다.(서막)

헬레나는 도민과 결혼해서 섬에서 살고 있다. 결혼한 지 10년이 지났으나 이들에게는 아이가 없다. 유모 나나는 그것이 신의 창조를 무분별하게 흉내낸 인간에게 내리는 신의 저주라고 말한다. 세상에는 전쟁이 끊이지 않고, 로봇은 처음 계획대로 하인이나 노동자로만 쓰이는 게 아니라 적군을 죽이는 군인의 역할까지 하고 있다. 고민하던 헬레나는 로봇 제작의 비밀이라 할 수 있는 로숨의 친필 원고를 태워버린다.(1막)

전 세계의 로봇들이 반란을 일으킨다. 제조 과정의 실수로 사람처럼 감정을 갖게 된 로봇들은 인간이 되려는 욕구를 갖는다. 몇몇 로봇들이 동료 로봇들을 선동하고 지휘하여 반란을 일으킨다. 로숨 섬에 팸플릿이 날아든다. 도민, 파브리, 갈 박사, 부스만, 할레마이어, 알퀴스트 등은 로봇 제작의 비밀이 담긴 로숨의 친필 원고로 사람들을 죽이려고 모여든 로봇과 협상하려 하지만, 원고는 이미 불타고 없다. 결국, 모든 사람들은 로봇과 맞서 항전하다 죽는다. 그러나 한 사람, 처음부터 나나와 함께 기술의 진보에 대해 회의적이던 건축가 알퀴스트

는 살아남는다. 그는 로봇들처럼 직접 노동을 했던 사람이기에 로봇들은 그를 살려둔다.(2막)

알퀴스트는 사라진 로숨의 원고를 복원해야 하는 임무를 맡았다. 모든 인간이 죽고 로봇이 지배하는 세상이 왔지만, 인간이 사라지면서 그들이 알고 있던 로봇의 제작 방식도 사라진 것이다. 로봇은 생식을 할 수 없기에 재생산이 가능하려면 로숨의 원고를 복원하는 수밖에 없다. 그러나 과학자가 아닌 알퀴스트는 난항을 거듭할 뿐이다. 거듭 실패하고 있는 알퀴스트 앞에, 갈 박사가 실험적으로 감정을 갖도록 만들었던 두 로봇, 헬레나와 프리무스가 나타난다. 성의 구분이 없고 사랑의 감정이 없는 다른 로봇들과는 달리, 이 두 로봇은 시간이 지나면서 성이 구분되고 서로 사랑하게 된다. 이를 알게 된 알퀴스트는 태초에 하나님이 아담과 이브를 축복했듯이 두 로봇을 축복하면서 세상으로 내보낸다.(3막)

희곡은 90여 년 전에 쓴 것인데도, 그동안 우리가 보았던 20세기와 21세기의 과학 발전 및 이에 따른 로봇에 대한 상상력을 이미 모두 담고 있다. 먼저, 로봇은 신을 부정하기 위해 생명체를 만들려던 늙은 로숨의 도전에서 시작된다. 이는 과학이 발전하기 이전부터 있었던 신화나 전설의 상상력을 잇고 있는 부분이다. 그리고 로봇의 대량생산을 시도하는 젊은 로숨의 도전은, 과학의 상상력이 이윤을 남기기 위한 산업 생산으로 이어지는 부분으로 볼 수 있다.

R.U.R. 회사에서 처음 만들었던 로봇은 그저 인간의 노동을 대신하고 노동력을 절감시킬 수 있는 일종의 '산업용 로봇(생활 로봇)'이었

다. 그러다 차츰 전문화된 자기 영역을 갖는 로봇들이 나타나게 된다. 아마 요즘 미국이나 일본에서 고령화 사회를 대비한 대체 노동력으로 다양하게 개발하는 산업용 로봇들이 이 단계의 초보적 수준이 아닐까 싶다. 로봇 생산을 끊임없이 개량하다가 이제는 사람처럼 스스로 학습 능력을 갖고 감정을 느끼는 로봇들이 나타난다. 이들은 인간과 유사한 로봇을 만들려는 과학자의 욕구와 로봇들 자체의 '내부 진화' 과정이 맞물리면서 일종의 '안드로이드'가 된다.

인간이 되려는 로봇들의 욕망은 결국 인간처럼 살육하고, 이기고, 정복하려는 욕구로 이어진다. 인간에게 배운 방법으로 인간을 멸종시킨 로봇들 중에서 실제로 생식기능을 갖게 된 한 쌍의 안드로이드는 마침내 인류의 후예가 된다. 현대 과학자들이 예측하는 호모사피엔스의 후예, 곧 '로보 사피엔스'의 단계인 셈이다.

이렇듯 『로봇(R.U.R.)』은 20세기 SF 문학에서 나타나는 로봇의 진화 과정과 다양한 주제들을 로봇 이야기의 기원답게 모두 간직하고 있을 뿐만 아니라, 실제 과학의 발전 양상을 예언하듯 보여준다. 또한, 작품에서 나타나는 로봇과 인간의 관계는 인간과 인간의 불평등한 관계에 대한 또 다른 은유로 읽히기도 한다. 차페크가 언급했듯이 다양한 인간 군상과 사회 현실에 대한 풍자이기도 한 것이다.

그중에서 재미있는 한 대목은 로봇이 어떻게 인간처럼 변해가는가 하는 부분이다. 처음에는, 갈 박사가 헬레나의 부탁으로 인간을 닮은 로봇을 만들려고 했던 실험이 결국엔 반항하는 로봇들을 만들고 만 것처럼 이야기된다. 그러나 곧 동료들은 사실 갈 박사가 실험적으로 만든 로봇의 숫자는 전체 로봇 숫자에 비해서 현저히 적다는 결론을 내린다. 그렇다면, 로봇들은 어떻게 진화를 한 것일까?

여기서 차페크는 "과거에 우리는 기계였습니다. 그러나 공포와 고통을 겪으면서 우리는 변했습니다", "우리는 영혼을 가진 존재가 되었습니다"(3막, 로봇2), "우리 내부에서 무언가가 투쟁합니다. 무언가가 우리에게 들어오는 순간이 있습니다"(3막, 로봇4)라는 대사들을 통해 암시를 준다. 결국, 인간을 대신하여 모든 '노동'과 수고를 짊어진 로봇들이 고통과 분노, 인내를 겪으면서 '인간답게' 변해버린 것이다. 또한, 마지막 대목에서 알퀴스트가 헬레나와 프리무스가 생식을 할 수 있는 진짜 생명체로 변했음을 깨닫는 근거는, 이들이 사랑하는 상대방을 위해 자신을 '희생'하려는 태도를 보여주었기 때문이다. 이를 두고 당대의 평자들은 차페크의 구성이 허술하다고 지적했다. 그러나 역자가 보기에 이 부분은 '무엇이 로봇을 인간으로 만들었는가'를 설명하면서 '무엇이 인간을 인간답게 하는가' 라는 질문에 차페크가 대답하는 중요한 대목이다.

작가는 또한 인간의 편에서 일방적인 인간의 승리로 결론을 내리지 않는다. 헬레나가 인간처럼 감정과 영혼이 있는 로봇을 만들고 싶어 했다는 걸 안 도민은, 인간과 닮은 로봇이야말로 인간을 증오할 것이라고 이야기한다.

헬레나　　　그래서 난 생각했죠. 만약 로봇들이 우리와 같아서 우리를 이해하게
　　　　　　되다면, 우릴 그렇게 미워하지 않을 거라고 … 그들이 조금이라도,

아주 조금이라도 인간처럼 된다면요!

도민 　　아, 헬레나! 세상에 그 무엇도 인간만큼 인간을 증오할 수 있는 존재
　　　　는 없어! 돌덩이를 인간으로 변신시켜보라구. 그러면 그들은 우릴
　　　　돌로 쳐서 죽일 거야! 그래, 계속해봐! (2막)


　　그리고 자신들을 재생산할 생산 기밀이 사라진 것도 모른 채 파괴
를 향해 전진하는 로봇들은 무엇보다도 '인간을 닮고 싶어' 그런 행동
을 저지른다.

다몬 　　너희가 사람처럼 되고 싶다면, 죽이고 정복해야만 한다. 역사를 읽어
　　　　보라! 인간들의 책을 보라! 너희가 사람이 되고 싶다면 너희는 정복
　　　　하고 살육해야만 한다!'

알퀴스트 　　아, 도민, 인간에게 인간의 모습만큼 낯선 것은 없다네. (3막)


　　결국 생명을 파괴한 장본인은 로봇이 아니라 오히려 인간이었다.
게다가 로봇만 남게 된 세상에서 그나마 로봇들마저도 멸망의 위기
에 처했음을 감지한 최후의 인간 알퀴스트는 인간의 그림자라도 좋으
니 생명이 있게 해달라고 기도한다. 인간이 돌아오게 해달라는 기도
가 아니라, 로봇이라는 인간의 후예가 이어지게 해달라는 기도인 것
이다. 3막에서 이런 내용은 '거울'을 소품으로 형상화된다. 3막 도입
부에서 알퀴스트는 홀로 거울을 보면서 자신의 늙고 추한 모습을 한
탄하는데, 이어서 프리무스와 함께 몰래 실험실에 들어온 헬레나는

프리무스에게 아름답다는 찬사를 받고 거울을 들여다본다. 아름다움이란 무엇인지, 자신이 정말 아름다운 건지, 싱싱한 젊음을 비추고 있는 거울을 보면서 독백하는 헬레나의 모습은 앞서 나왔던 알퀴스트의 모습과 연결되면서, 한 세대가 가고 새로운 세대가 오는 흐름을 보여준다. 3막이 끝날 무렵, 알퀴스트는 헬레나와 프리무스를 보면서 인간이 사라진 세상에서 인간을 닮은 로봇의 생명이 이어지게 된 것을 감사한다. 자신의 종말을 담담히 받아들이는 이런 태도는, 인간이 아니어도 조물주의 생명은 결국 이어진다는, 단순하면서도 쉽게 이해하기 힘든 작가의 깊은 사상을 담고 있다.

차페크가 학위논문으로 실용주의에 관한 논문을 썼으며 합리적인 중도주의적 관점으로 좌우 극단에 경도되지 않았다는 사실이나, 그럼에도 불구하고 전체주의가 유럽을 휩쓸자 무장투쟁을 주장하며 과감한 저항을 했다는 사실은 잘 알려진 바다. 그러나 그가 평생 동안 천주교 신자였다는 종교적인 배경은 그다지 주목받지 못했다. 그의 작품에 나타나는 삶과 죽음, 현세와 영원에 대한 사색, 신에 대한 질문들이 독단적인 결론을 피하면서 긍정적인 울림으로 마무리되는 것을 살펴보면, 이런 정신적 배경에는 종교에 대한 깊은 이해도 한몫했으리라고 느낄 수 있다.

차페크의 종교적 특징은 작품 『로봇(R.U.R.)』에서 가장 최후까지 남아 다음 세대의 생명을 이어주는 알퀴스트의 모습에서 잘 나타난다. 여기서 알퀴스트의 의미를 좀 더 이해하기 위해서는 각 인물들의 이름이 담고 있는 함축성을 살펴볼 필요가 있다. 등장인물들의 성姓과

극중 성격, 외모 묘사 등을 고려했을 때, 파브리는 영국인 기술자로, 갈 박사는 프랑스인 연구부장으로, 부스만은 유태인 경리부장으로 연출되곤 한다. 여기서 부스만Busman은 비즈니스맨을 줄인 말로도 볼 수 있다. 세 사람은 도민의 지휘 아래 함께 일하는 구세계 유럽의 대표적인 구성원들이다. 대표이사인 해리 도민은 '주主'를 의미하는 라틴어 'Dominus'를 연상시키는데, 그래서인지 본문 중 알퀴스트가 도민을 부르는 "Ach, Domine"가 일어 번역본에서는 "오, 주여"로 번역되어 있기도 하다. 이는 도미네Domine가 도민과 하나님을 호칭하는 동일한 호격이어서 빚어진 일이다. 도민은 인간을 어려움에서 구해내려는 이상과 의지를 가진, 자신의 신념에 강한 확신을 갖고 있는 인간으로 그려진다.

이에 비해 알퀴스트는 이름의 함의가 인물 성격을 내포하는 정도에서 그치지 않는다. 알퀴스트는 라틴어 aliquis(그 어떤 자)에서 파생된 것으로 보인다. 이 말은 신이 아니지만, 신의 뜻을 미리 알리고 고난을 감수하는 선지자나, 과거의 생명과 미래의 생명을 연결하는 구원의 상징으로 존재하는 또 다른 '누군가'라고 해석할 수 있다. 극 중 인물들 가운데 가장 오랫동안 남아 있던 '그 어떤 자'는 결국 생명의 신비를 깨닫고 과거의 인간이 부활해야 한다는 아집을 버리며, 영원한 생명의 근원인 신神께 감사하며 기꺼이 탄생 이전으로 사라지려 하는 인물로 설정되어 있다. 세계를 자신의 의지대로 창조하려고 스스로 신이 된 '도민'과는 달리, '그 어떤 자'는 자신의 힘 너머에 있는 생명의 흐름에 순종한다.

물론 이 밖에도 작품은, 앞에 실린 신문 기고문에서 차페크가 직접 설명했듯이, 당시 유럽의 철학 사조들과 이들 간의 충돌, 자본주의 체제 안에서 인간이 제어할 수 없게 된 상품의 성격, 사회주의 운동을 비롯한 개혁의 움직임들을 모두 배경에 깔고 있다.

## 작품에 대하여 - 연극 〈로봇(R.U.R.)〉

연극 〈로봇(R.U.R.)〉은 체코 프라하에서 1921년 1월 25일에 초연되었다. 초연되자마자 커다란 반향을 일으키며 성공을 거둔 이 연극으로 차페크는 체코 최고의 극작가로 떠오른다. SF적 요소를 처음으로 연극 무대에 끌어들여 대담하게 전개한 이 드라마는 독일, 프랑스, 영국 등 유럽 전역으로 빠르게 퍼지면서 많은 관객들을 사로잡았다. 가상 공간을 상정한 미래주의적인 무대장치와 그 무대 위에서 배우들이 로봇 연기를 할 때 드러난 동작과 의상, 말투는 대단히 새로운 실험이었다. 1911년 6월 파리에서 초연되었던 '발레 뤼스'의 〈페트루슈카〉에서 니진스키가 사람이 되고 싶어 하는 밀짚 인형을, 장면에 따라서 인형처럼, 혹은 인형이 잠시 사람으로 변한 것처럼, 때로는 완전한 사람처럼, 실험적인 안무로 생생하게 동작을 표현하여 유럽 무대에 충격을 주었던 것을 생각해본다면, 무대에서 사람이 로봇이 되는 연기가 불가능하거나 어색한 것만은 아니었을 것이다.

1910~1920년대 유럽 각지의 아방가르드 연극예술가들은 극장

과 무대장치, 무대의상, 연기 방식을 기계화하는 데 관심이 많았다. 기계의 움직임과 조형성을 살려 입체기하학적인 선으로 미를 추구하려 했던 것이다. 일례로, 영국의 연출가 크레이그는 인간적인 요소를 배제한 인형 '유바 마리오네뜨Ubar marionette'를 배우 대신 쓰자고 제안했다. 이상적인 연기자는 연출가가 미리 계산한 동작의 조형에 따라 그대로 움직여야 한다고 본 것이다. 크레이그가 아예 인형에 의한 연기를 지향했다면, 러시아의 메이에르홀드는 '비오메하니까Биомеханика 이론'에서 배우의 신체 훈련을 통해 근육을 자유자재로 조종하며 움직임의 조형성을 살릴 수 있는, 즉 인형처럼 움직일 수 있는 배우의 연기를 실험했다.

연극 〈로봇(R.U.R.)〉은 이러한 미래파와 러시아 아방가르드, 독일의 바우하우스, 구성주의자들의 실험적 맥락 속에 놓여 있는 작품이다. 이 작품은 기계적 장치를 이용한 무대연출의 역사를 열고 조형적인 신체 움직임을 강조하는 로봇 연기 장면들을 보여주면서, 20세기 초의 예술가들에게 커다란 반향을 불러일으켰다. 1923년 빈 출신의 극장 건축가 프레드릭 키슬러는 〈로봇(R.U.R.)〉을 독일 무대에 올리면서, 기계화를 강조한 무대장치에 거울들을 설치하여 일종의 시뮬레이션 효과를 빚어내는 실험을 했다. 이는 마치 영화나 TV를 연극 무대에 섞은 것과 같은 미디어 혼합의 기계 무대였다고 평가받는다.

1922년 10월 9일, 연극 〈로봇(R.U.R.)〉은 마침내 런던과 뉴욕에 동시 상륙했다. 뉴욕 개릭 극장에서 막을 올린 씨어터 길드Theatre Guild의 공연은 그해 시즌 동안 184회나 연속해서 공연될 정도로 경이로운 성공을 거두었다. 당시 미국 언론의 반응을 보면 "차페크 작품의 구성이 허술하게 전개되나 씨어터 길드의 연출이 이를 상쇄했다"라고 보는 의견부터, "씨어터 길드가 연극을 지나치게 진지하고 무겁게 끌고가는 바람에 차페크의 환상성이 사라졌다"라는 비판에 이르기까지 다양한 평이 나왔다. 그러나 전반적으로 볼 때는, 적어도 이 공연이 미국의 문화계와 연극계에 하나의 획을 긋는 중요한 사건이라는 점에 대해 모두들 동의하고 있다.


## 차페크의 다른 희곡들

1920년에 발표한 첫 희곡 『무법자』와 『로봇』 외에도 차페크는 과감한 소재와 다양한 주제로 연극 무대의 영역을 넓혀갔다. 1921년 그는 형 요셉과 공동 작업으로 『곤충들의 세계에서』를 쓴다. 이 작품은 곤충들의 사회를 인간 사회에 빗대어 그린 일종의 판타지다. 여기서 차페크는 인간의 결함과 악에 대해 신랄한 풍자로 가차 없이 비판하고 있다. 각 곤충들의 특징은 파브르의 『곤충기』 등에 근거하여 나오는데, 동물이나 곤충들이 사람보다 낫다는 식의 감상적인 주장을 배격하고 있다. 이 작품 역시 세계적인 성공을 거두었는데, 많은 비평가들은 구성이나 기법면에서 『로봇(R.U.R.)』보다 잘 다듬어졌다고 크게 호평했다. 특히 미국에서는 전국 순회공연을 할 정도였다. 차페크는 다양한 장르의 글을 썼으나, 그가 세계적인 명성을 얻게 된 계기는

『로봇』과 『곤충들의 세계에서』, 이 두 편의 희곡을 통해서였다고 말할 수 있다.

1923년에 발표된 작품은 『마크로풀로스 사건』이다. 야나체크가 작곡한 유명한 동명 오페라의 원작이기도 한 이 작품은 〈방랑하는 유대인〉이라는 전설에서 착상을 얻은 것이다. 작품의 주인공은 아버지가 연구한 불로장생 비법으로 인해 342년 동안 비슷한 경험을 반복하며 살고 있는 여인인데, 늙지도 않고 병들지도 않지만 아무런 감동이나 욕망 없이 지루하게 살게 된다는 이야기다.

이 작품은 버나드 쇼의 『메두셀라로 돌아가라 *Back to Methuselah*』메두셀라는 969년을 살았던 대홍수 이전의 유대인 족장으로 구약성경에서 가장 오래 살았던 인물이다. 창세기 5:27와 비교되곤 하는데, 수명의 연장은 영적인 성숙을 낳는다는 쇼의 주장과는 달리, 차페크는 육체의 젊음이 영원히 지속되는 건 반복되는 지루함일 뿐이라고 말하고 있다. 차페크는 『마크로풀로스 사건』이 낙천적인 드라마라고 주장했는데, 당시 비평가들은 이를 의아하게 여겼다. 그러나 모두가 소원하는 불로장생이 행복의 정답이 아니라 오히려 돌이킬 수 없는 공포가 될 수 있음을 보여준다는 점에서, 이 작품은 '있는 그대로의 인생과 시간의 순리'를 독자와 관객들이 긍정적으로 받아들이게 하지 않았을까 싶다. 그렇게 본다면 충분히 낙천적인 드라마라 할 수 있다. 『마크로풀로스 사건』은 '불멸'의 테마를 독창적으로 다루고 있다는 점에서 『로봇(R.U.R.)』과 함께 SF 문학의 중요한 계기를 마련한 걸작으로 꼽힌다.

1927년에는 형과 공동으로 『창조자 아담』을 만들었다. 주인공 아담은 흠 없이 완벽한 세상을 만드는 임무를 지게 되나, 세계 창조에 실패한다는 내용이다. 이 작품은 큰 성공을 거두지 못했다.

이후, 차페크는 10여 년간 희곡을 쓰지 않다가 제2차 세계대전의 전운이 감도는 가운데 1937년과 1938년에 『백색의 역병』과 『어머니』 두 작품을 발표했다. 두 작품은 모두 전쟁을 다루고 있는데, 다원주의자이자 평화주의자로 알려졌던 그간의 모습과는 달리, 차페크는 파시즘에 항거하여 인류의 보편적 가치를 지키기 위해서는 무력 투쟁도 불가피하다는 강경한 태도를 보인다.

『백색의 역병』은 전쟁 중에 퍼지는 불치의 질병에 관한 이야기로, 과학의 발견을 소수가 독점하고 상업적 이익만 챙기려들면 위험에 처한다고 경고하는 부분은 『로봇(R.U.R.)』의 주제와도 통하는 면이 있다. 권력에 눈먼 어느 나라의 무책임한 지도자들이 전쟁을 일으키자, 이 나라에서는 마흔 살 이상의 사람들만 한센병과 유사한 질병에 걸리는 사건이 일어난다. 이 질병을 치유할 수 있는 사람은 갈렌 박사 단 한 명이지만, 그는 사람들의 생명을 구하기보다는 역시 이 병에 걸린 독재자에게 치유법을 알려주는 구실로 부를 축재하려 한다. 이 사실을 알게 된 성난 군중들은 갈렌 박사를 죽여버린다. 1937년은 프라하가 이미 히틀러의 영향력 아래에 있었던 시기인지라, 젊은이들을 전쟁터로 내모는 독재 권력에 대한 비판이 담긴 이 작품은 공연되기가 힘들었다.

『어머니』는 남편과 세 아들을 전쟁과 질병으로 잃은 여인의 이야기다. 하나 남은 막내아들마저 전쟁터에 나가야 하는 상황에서 고민하는 어머니에게 죽은 남편과 세 아들의 혼령이 찾아온다. 이들과 대화를 한 뒤 어머니는 막내아들을 전쟁터에 보내기로 결심하는데, 귀신들이 등장하는 이 작품이 처음 무대에 올랐을 때만 해도 프라하 관객들은 작품이 동시대를 겨냥한 메시지라고는 생각하지 못했다고 한다. 그러나 곧 독일의 침공이 시작되었고, 연극은 차페크가 동포들에게 보내는 메시지가 되었다.

차페크의 희곡은 '과학의 발견'과 '오래된 전설'이라는 인간의 양대 상상력에 모두 뿌리를 내린다. 그는 환상적인 이야기를 대담하게 펼치면서 동시에 부조리한 현대의 인간 사회를 다각도로 비판했다. 이를 통해 차페크는 SF 문학의 시원을 열었을 뿐만 아니라 SF 드라마라는 새로운 장르를 개척했다.

## 「로봇(R.U.R.)」과 복제 인간

차페크가 〈로봇(R.U.R.)〉으로 화제를 불러일으킨 지 90여 년이 지난 오늘날, 로봇은 더 이상 도발적인 상상의 산물이 아니다. 실제로 우리는 인공지능과 애완용 로봇, 산업용 로봇에 이어 인간 복제도 시도하는 현실 속에서 살고 있다. 심지어 우리나라 DMZ에는 사회적 합의도 없이 전투용 로봇이 배치되어 있다는 기사가 나올 정도다. 그가 제기한 로봇과 인간의 공생에 관한 문제들을 상상 속 이야기로만 치부할 수는 없는 시점이 다가오고 있는 것이다. 더구나, 로봇과 인간의 관계에서 빚어질 문제들이, 인간과 인간의 관계에서 해결하지 못했던 불평등과 억압이 확장된 것일 뿐이라면 ···.

『로봇(R.U.R.)』에 나오는 도민의 말처럼 "인간에게 가장 끔찍한 것은 다름 아닌 인간 자신"이라는 것이 사실이라면, 로봇을 만들거나 복제 인간을 만드는 일을 규제한다고 해서 우리의 생존이 보장되는 것은 아니다. 오히려 막을 수 없는 과학기술의 발전이라면 금지하는 것보다 차라리 최대한 공개되도록 하는 것이 여러 부작용을 막을 수 있는 길일지도 모른다. 사실, 안드로이드든 복제 인간이든, 인류가 정말 두려워해야 할 것은 우리와 다른 생명체, 그 자체가 아니라 그들과 우리가 맺게 될 관계일 것이다. 인간과 인간의 관계가 평등하지 못한 곳에서 인간과 비인간의 관계가 우호적일 수는 없다. 힘을 앞세워 제3세계에 폭격을 퍼붓고, 한 맺힌 이들이 다시 보복 테러를 하는 곳에서, 개인이든 집단이든 혹시 저놈들이 나에게 해를 끼치는 것은 아닐까 전전긍긍해야 하는 곳에서, 수천만 년을 같이 살았다는 인간끼리도 공존하는 법을 여태 깨닫지 못한 곳에서라면 ···.

그런 곳에서 과학이 발전하여 다른 생명체를 만든다면, 그것은 그저 나 대신 일을 해줄 수 있는 하인, 내게 무조건 복종해야 하는 신하로서 존재할 뿐이다. 다 같은 신의 자식이라 말하면서도 타인에게 폭력을 휘두르는 인간이, 상대방의 삶과 죽음까지 마음대로 할 수 있는 생명체를 두고 어떤 태도를 취하게 될지는 자명한 일이다. 결국엔 진보가 아니라 종말로 가는 지름길을 낼 뿐이다. 여기까지가 지금 살고 있는 호모사피엔스의 수준이라면, 문제는 과학의 발전이 아니라 여전히 성숙해지지 못하는 인간의 태도인 것이다.

스탠리 큐브릭이 기획하고 스티븐 스필버그가 연출한 영화 〈A.I.〉를 보면, 한 명의 인간만을 영원히 사랑하는 로봇을 개발할 수 있다고 의논하는 남성 과학자들의 틈에서 한 흑인 여성 과학자가 질문을 던지는 장면이 있다.

"그럼, 인간이 그 로봇을 더 이상 사랑하지 않을 때는 어떻게 되나요?"

다시 말하면 "그럼, 우리 인간은 그런 로봇을 사랑할 준비가 되어 있나요?"라는 뜻이다. 제1차 세계대전이 끝난 유럽에서 진실의 희극, 과학의 희극으로 쓰여졌던 『로봇(R.U.R.)』, 다양함이 공존하고 부딪히던 희곡의 대사들을 떠올려보면, 〈A.I.〉의 대사야말로 처음으로 로봇을 창조했던 카렐 차페크가 넌지시 일러주고 있는 공존의 비밀이 아니었을까? 달리 바꿔본다면 "그럼, 우리 인간은 우리와 다른 인간들을 사랑할 준비가 되어 있는지요?"라고 해도 좋겠다.

## 번역에 대하여

무엇보다 존칭(Vy)과 비존칭(Ty)이 구별되는 체코어를 우리말로 옮기면서 어미 처리를 놓고 많이 고민했다. 존칭과 비존칭이라지만, 친밀감의 정도를 표현하거나 공식 또는 비공식석상에서 이야기되는 상황에 따라, 정확히 우리말의 존댓말과 반말로 직역했을 때는 분위기가 전달이 안 되는 경우가 종종 있었기 때문이다. 예를 들면, 헬레나와 도민이 부부가 된 뒤, 여러 친구들 앞에서 대화할 때 이들은 부부이니 당연히 비존칭을 사용한다. 하지만 우리 주위에서 남편 친구들을 앞에 두고 부인이 남편한테 반말을 하는 건 흔히 볼 수 없는 일이다.

그리고 도민과 여러 친구들이 긴급 상황에서 의논할 때면 서로 존칭(Vy)을 사용하지만, '여보게', '친구들' 정도의 호칭을 쓰면서 꼬박꼬박 존댓말 어미를 쓰는 건 여러모로 어색했다. 물론, 우리 할아버지들이 어릴 때부터 친했던 동무들하고 대화하면서도 함부로 하대하지 않으셨던 걸 생각해보면, 적절한 우리말 어미가 아주 없는 건 아니다. 하지만 기억을 더듬어 몇 문장을 실험해보니 너무 옛 말투의 방언 같았다. 그래서 이 경우에는 딱 떨어지는 존칭은 아니지만 친밀감과 위기감을 공유하는 관계를 표현하기 위해 점잖은(?) 반말 어미를 골랐다. 다만 희곡에서 알퀴스트는 다른 동료들보다 열 살 정도 더 많다. 여러 자료 사진들을 보면 그는 백발이거나 눈에 띄게 나이 들어 보이는 분장을 하고 있다. 그래서 알퀴스트와 다른 동료들의 대화는 우리말로 읽을 때 어색하지 않도록 반말이 아니라 나이 차이가 많이 나는 동료들 사이에 주고받을 수 있는 적절한 존칭 어미를 사용했다.

이 밖에도 3막에서 프리무스를 비롯한 로봇들이 알퀴스트에게 간절히 호소하는 장면을 보면, 알퀴스트를 '선생님(Pan)영어로 sir'이라 호칭하면서도 비존칭(Ty) 어미를 쓰고 있다. 이 경우도 우리말의 반말/존댓말 관계로 직역하는 게 적절하지 않아 보였다.

번역은 『카렐 차페크 선집, 제5권』(Praha, 1958)을 원문으로 삼았다. 이 작품의 초판은 1920년 가을에 아벤티눔Aventinum사에서 출판되었는데, 1921년 1월 프라하 국민극장에서 초연된 뒤 차페크가 상당 부분을 수정하여 이듬해 개정판(혹은 확정판)을 냈다. 개정판 이후의 수정은 없었는데, 이 판본은 1931년까지 무려 10판이 나왔다. 이후 보로비 출판사에서 1947년까지 17판을 냈으며, 그 뒤로도 전 세계에서 계속 출판되고 있다.

2002년 1월 처음 『로봇(R.U.R.)』을 체코어에서 우리말로 번역 출판할 때는 사실 우리나라 최초 번역이라는 자부심이 은근히 있었다. 당시 차페크의 『로봇(R.U.R.)』을 한 자 한 자 번역할 때 내 심정은 세계 최초의 금속활자는 구텐베르크 활자가 아니라 우리나라 직지심체요절입니다, 라고 밝히는 기분이었다. 우리에게 아직 낯선 체코 문학이 알고 보면 이렇게나 친숙한 것이었다는 걸 알리고 싶은 마음이 컸다. 마침 한국에서도 SF 문학이나 판타지 문학에 대한 새로운 인식이 퍼지던 시점이기도 했다. 혹시 이 작품이 연습 작품으로라도, 일부만이라도 연극 무대에 올려진다면 얼마나 좋을까, 혼자 상상하기도 했다. 내가 좋아하는 작가니까 너도 좋아해줘, 하고 조르는 아이처럼. 물론 그런 일은 한 번도 일어나지 않았다.

그로부터 13년이 지나 다시 책을 내게 되었다. 지난 13년 동안 많은 분들이 카렐 차페크의 다른 희곡과 소설을 번역하기도 했고, 로봇 산업이 현실화되면서 SF가 아니라 경제면이나 사회면에서 카렐 차페크가 종종 등장하기도 했다. 그러나 여전히 이 멋진 작가의 진면모가 충분히 알려지지 않았다는 아쉬움이 크다. 모비딕에서 새롭게 기획한 차페크 선집들이 부디 카프카나 쿤데라에 조금도 뒤지지 않는, 아니 동시대 체코인들에게 훨씬 큰 영향을 주었고 지금도 체코인들에게 가장 사랑받는 차페크를 한국의 독자들에게 알리는 데 좋은 역할을 해 주기를 바랄 뿐이다.

　제목 『R.U.R.』을 우리말로 어떻게 풀어주는 게 좋냐는 질문을 가끔 받는다. 『R.U.R.』은 Rossum's Universal Robots의 준말이다. '로숨Rossum'은 작품 속에서 로봇을 만드는 공장의 이름이자 로봇을 만든 박사의 이름인데, 체코어 '이성理性'에 어원을 둔 것이다. 차페크는 자신의 에세이에서 이 말을 영어로 옮기면 'Mr. Brain', 'Mr. Intellect' 정도라고 설명했다. '유니버설Universal'을 '로숨의 만능 로봇'이라고 옮기는 경우가 가끔 있다. 그런데 본문을 보면, 모두 다 똑같이 생긴 '유니버설' 로봇은 각 나라나 민족에 따라 다르게 만든 '내셔널' 로봇과 대립되는 개념으로 사용되니, '만능'이라 옮기는 것은 무리가 있다. 게다가 '로숨의 유니버설 로봇'의 준말인 R.U.R.이 로봇의 상표, 제작 회사의 이름으로 사용되고 있기 때문에 '유니버설'을 굳이 '보편적인'이나 '국제적인' 같은 우리말로 옮기지 않았다.

　끝으로, '로봇'은 체코어 'robota'(노동, 부역)에서 'a'를 빼고 만들어낸 단어다. 인간 대신 일을 하도록 만들어진, 인간을 닮은 기계로서 '인조인간'이라고 번역할 수도 있다. 체코어 발음으로는 '로보뜨'라는 표기가 더 정확하겠으나, 이 책에서는 국제 공용어로 우리에게 이미 익숙해진 '로봇'의 일반적인 외래어 표기법을 따랐다.

『R.U.R.』이 체코어로 무슨 뜻이냐는 질문도 가끔 받는다. 차페크는 처음부터 작품 제목을 'R.U.R.(Rossum's Universal Robots)'라고 영어로 지었다. 이는 대량생산 체제가 미국에서 시작되어 퍼졌기 때문에 그랬을 수도 있고, 작품 속에서 R.U.R.이라는 회사가 전 세계를 상대로 로봇을 생산하고 판매하는 국제적 기업이라서 영어명을 사용했을 수도 있다. 중요한 것은, 이를 통해 영어권에 실제로 'robot'이란 단어가 차페크 형제의 용어 그대로 아무런 가감 없이 수용되었다는 현상일 것이다.

2015년 4월

김희숙

# 로봇

**초판 4쇄 발행** 2023년 3월 24일
**초판 1쇄 발행** 2015년 5월 2일

**지은이** 카렐 차페크
**옮긴이** 김희숙
**펴낸이** 정순구
**책임편집** 조원식
**기획편집** 정윤경 조수정
**마케팅** 황주영

**출력** 블루엔
**용지** 한서지업사
**인쇄** 한영문화사
**제본** 대원바인더리

**펴낸곳** 모비딕
**등록** 제300-2007-139호 (2007.9.20)
**주소** 10497 경기도 고양시 덕양구 화중로 100, 506호 (화정동 비전타워21)
**전화** 02-741-6123~5
**팩스** 02-741-6126
**블로그** http://blog.naver.com/mobydickbook 〈모비딕, 미스터리를 만들다〉(네이버 블로그)
**이메일** mobydickbook@naver.com

**이 책의 독자 북펀드에 참여해주신 분들** (가나다순)
강부원 강석여 강영미 강주한 김기남 김기태 김병희 김수영 김정환 김주현 김중기 김지수 김현승
김현조 김현철 김혜원 김희곤 나준영 노진석 박경진 박나윤 박무자 박준일 박진순 박진영 박혜미
방민희 서병욱 서유경 신민영 신정훈 유지영 윤정훈 이만길 이수진 이수한 장경훈 전미혜 정대영
정영미 정율이 조영옥 조은수 조정우 차수빈 최경호 최헌영 하상우 하태준 한승훈 허민선 허진민
홍상준 외 총 71명